黄龙 著

杏花嶺集

山西出版传媒集团
山西人民出版社

图书在版编目（CIP）数据

杏花岭集 / 赵黄龙著. — 太原：山西人民出版社，
2013.8
ISBN 978-7-203-08132-6

Ⅰ. ①杏… Ⅱ. ①赵… Ⅲ. ①中国文学—当代
文学—作品综合集 Ⅳ. ①I217.2

中国版本图书馆 CIP 数据核字（2013）第 068134 号

杏花岭集

著　　者：赵黄龙
责任编辑：翟丽娟
装帧设计：陈　婷
出　版　者：山西出版传媒集团·山西人民出版社
地　　址：太原市建设南路 21 号
邮　　编：030012
发行营销：0351-4922220　4955996　4956039
　　　　　0351-4922127　（传真）　4956038（邮购）
E-mail：sxskcb@163.com　发行部
　　　　sxskcb@126.com　总编室
网　　址：www.sxskcb.com
经　销　者：山西出版传媒集团·山西人民出版社
承　印　者：太原成成中学印刷厂
开　　本：850mm×1168mm
印　　张：9
字　　数：220 千字
印　　数：1-1500 册
版　　次：2013 年 8 月第 1 版
印　　次：2013 年 8 月第 1 次印刷
书　　号：ISBN 978-7-203-08132-6
定　　价：35.00 元

如有印装质量问题请与本社联系调换

序

　　《杏花岭集》是诗词曲联赋文综合集。此集按创作时间顺序编辑,诗联穿插,曲赋文相间。这种排法,虽文体杂陈,但脉络清晰,可看出作者的创作轨迹。集子内容分为全国大赛"获奖晋级作品"、"入围入选作品"以及"报刊发表作品"三部分,可见作品均已被社会承认,今又结集与读者再次见面。我认为,这是一本优秀作品集。

　　集子中既有大赛评委会对获奖作品的个别点评,也有网民对发表作品的特别赏析。好诗、好联,俯拾皆是。如《厨叹》、《中秋》以及"机巧联"等,已被维普资讯网选录。

　　本序从以文会友说起,仅举作者进入诗联界到崭露头角的点滴轶事为例,帮助读者认识作者,欣赏作品。

　　2008年6月的一天,在太原赛马场"小胡打印室",我看一张准备打印的参赛联稿,联句剑拔弩张,摄人心魄!于是问小胡:"这是谁的稿子?"小胡指着墙角的人说:"这位赵老师的。"从此我人生中多了赵黄龙这么一位重要诗友。之后看过他递送来的诗稿,更感出手不凡,于是发去一封信函邀他加入唐槐诗社,后又相继介绍其加入山西诗词学会、中华诗词学会。

　　同年10月,当我编完《唐槐吟苑》第3期稿件后,请黄龙帮我送给赵愚作最后一次通校,当时二赵还互不相识,赵愚随口说了句:"上期有两首好诗。"随即翻出《哀悼》《赞杭州湾跨海大桥》两首诗指给他看,倍加夸奖!他强按着意外的激动说:"这两首都是我所写。"赵愚大喜,如遇知己。

本书作者参加诗社、学会活动,认识了著名诗人、原山西诗词学会会长温祥,在一起搞过几次同题诗评活动。我们从温祥收入《唐风三友集》一书中一首题为《答赵黄龙》的诗中,便可得知温祥印象中的赵黄龙:"余生有幸识黄龙,喜与先生律里逢。我试回君情所系,遥吟近咏杂篇中。"

2010年,在全国新田园诗歌第五届太平杯·律诗大赛发奖大会上,当向著名学者、诗人、山西诗词学会副会长李旦初教授介绍赵黄龙时,李教授惊问:"你就是赵黄龙?好找你呀,你的诗《村委选举》,《中华诗词》年度评奖时被推荐为好诗。在北京听他们说,该作者是山西人。我回来到处打听,有的说认识,有的说不认识。今天总算见面了。"

总览全书,笔者认为:黄龙的作品以楹联见长,格律诗也以属对最见功力,意境源于生活,情感发自内心。读者开卷便知,恕不赘述。是为序。

黄文辛

2012 年 12 月 28 日于祓庐

引

人生有梦,圆于十五,碎在初一。《杏花岭集》要问世,总算是姑射草根,野火未烧尽,逢春又发生。

本人山西汾西人,少年有梦:一考大学,二当作家。谁知1961年初中毕业,管文教的副专员提出,小教质量差,师范要优先录取,大学梦破灭;中师毕业破格担任中教,本来服务三年,可以报考大学,却晴天霹雳,"文化大革命"火烧,死灰不得复燃。于是业余写文章,偶然《山西日报》见稿,便调县委通讯组,后又到办公室当秘书,为人作嫁衣。一辈子与作家无缘,却当了个"作嫁"。此举一例,某年隰师校庆,校方指名汾西参会三人,其中有就读隰师、早我一个年代的县委书记和我。校方指定校友代表发言的是书记,书记命令写稿的是我。会上群情激动,掌声如雷,一致呼喊:"讲得好!讲得好!看人家某某就是有水平!"可见,我给领导量身定做的"嫁衣",得到了群众的认可。对此,我倍感欣慰,久久萦怀,曾赋诗礼赞,题为"在隰县大礼堂"(新声韵)。诗曰:"八六校庆夏风吹,会场几时似响雷。写稿流云光彩现,发言洒雨掌声随。秘书作嫁文生美,领导穿衣体感威。校友君臣合演戏,即时会场尽霞晖。"

退休搭上人生末班车,定位为自己做件"小马甲",从对联两句做起。联云:"一支秃笔蘸时雨,两句妙联托晚霞。"继而诗、词、曲、赋、文兼收并蓄,躬耕不辍,一发不可收拾。2008年被《对联》杂志评为全国十佳联手。2011年9月,参加"山西·隰县小西天楹联、散文、诗赋征集比赛",楹联获二等奖,较其他获奖,多了几分异乎寻常的兴奋,莫名地与当年师范生活,尤其是某年校庆的场景联系了起来。

龙年新春,在吟咏红杏出墙诗句的某个早晨,毅然决定,把创作的诗词曲联赋文作一番整理,发现被社会认可的作品达千余件,月均十余件。思前想后出个集子,定名为《杏花岭集》。全集分获奖晋级作品、入围入选作品、报刊发表作品三部分,均按问世时间顺序编辑。读起来依稀可辨一个夕阳下的后来者在"岭上"、"墙外"的足印有浅、有深,背影有虚、有实,花瓣有淡、有浓……

赵黄龙

2012 年 5 月 11 日于太原杏花岭

深思鑽井三千尺
遠見破雲五百層

趙黃龍先生撰

癸巳春月 馬長泰書

遠觀乃覺雲月麗不治床半

夜發遠度五更人又憶打包

染物伴秀卷望見煎出話回

顯見追末是秀娘

趙賣說先生詩為念母癸巳春月迎芳書

目　录

获奖晋级作品

入围入选作品

报刊发表作品

获奖晋级作品

佛寺金光增觉悟；

龙潭水景映昌宁。

2010 年云南昌宁县龙潭寺景区入口处牌坊背面联

特等奖

联说天下事

古训入心，君子爱财，取之有道；

新风扑面，文明到位，失亦无遗。

2006 年《中国楹联报》第 4 期甲级联

攻擂

入心真理，扶正祛邪生坦荡；

扑面新风，知荣明耻促和谐。

2006 年《中国楹联报》第 13 期冠军联

联说天下事

规矩正方圆,豪华须有度;

价格依情理,昂贵岂无边。

2006年《中国楹联报》第35期甲级联

攻　擂

坚持凭理念,发展并行成大业;

希望在青年,和谐共建作先锋。

2007年7月18日《中国楹联报》冠军联

联说天下事

新闻背景:公布干部成绩单,让公众监督。

成绩真实,群众监督,不会流于形式,才能喝彩;

内容具体,官员操作,并非虚设名堂,方可认同。

2007年《中国楹联报》第47期甲级联

联说天下事

新闻背景:红色旅游创百万就业岗位。

红色旅游,革命精神光圣地;
朝阳产业,安民岗位荡春风。

2008 年《中国楹联报》第 5 期甲级联

题中国男子体操团体

小鹏展翅李花飞,黄旭体操杆上挥。
转体邹凯花绽放,翻身团体鹞飞回。
肖钦三技扬威信,陈氏一冰助臣魁。
奥运冠军诠释尽,中国男子又扬眉。

题中国女子体操

金花六朵启明星,绽放空中日月惊。
转体闪光虹道道,翻身炫目气蒸蒸。
几何曲线轻盈划,原点圆心牢固钉。
跳起凌空如虎跃,自由飞腾小黄莺。

2008 年中国奥运冠军题赠嵌名活动创作一等奖

四季联苑

一年有趣儿孙事；

半夜无眠父母心。

2009年《对联》(下)第6期一等奖

征联大擂台

出句:联苑七星,联心可鉴；

对句:对花万朵,对韵宜扬。

2010年《中国楹联报》第8期冠军联

咏唐寅

桃花庵主点秋香,三笑风流数代狂。

隽永诗文神迸射,温柔花鸟意飞翔。

拜师伯虎添双翼,卖画华山挂百堂。

八字地支寅占满,奇才自古不荒唐。

2010年纪念唐寅诞辰540周年中国诗书画大赛金奖

云外锋芒,清光泻大地;

宇中气势,明镜转长空。

2011 年武汉大学春英诗社中秋全国诗联赛一等奖

登庐山

车飞峰顶我登天,滚滚云烟限大观。

绝壁足前将路断,悬崖背后任弯延。

近瞻瀑布惊心魄,远望松涛怵眼帘。

依序行营逐点赏,书山读罢到何年?

参观兵马俑

何时泥土化为兵,杀气腾腾起朔风。

战马难行如跃影,俑人不语似闻声。

征程万里秦军过,驻地八方虎帐升。

遍野哀鸿频入眼,凄凉顿使我呼卿。

潍坊风筝节

根根引线远无边,开放空中视野宽。

欧亚佳宾千里醉,晨昏晴日万分玄。

敢将鸟叫穿云去,堪使鸢飞破雾还。

高度从来超眼界,水平四海第一天。

2012 年中华杯旅游诗词大赛一等奖

联说天下事

听证通情,民众呼声须照顾;

行为依法,邮资涨价要商量。

2006 年《中国楹联报》乙级联

联说天下事

学雷锋重在精神,力所能及方妙;

敬老者何须礼品,华而不实成拙。

2006 年《中国楹联报》乙级联

联说天下事

新闻背景:还有多少学生遭体罚?

学生被体罚,那怕一名,侵犯人权师过矣;
民法遭践踏,不容二次,提高素质理当哉。

2007年《中国楹联报》第26期乙级联

纪念欧阳修

大家千岁祭,盛世万人吟。
高唱先忧曲,疾书后乐文。
半山言作美,苏轼语传神。
史海层层浪,波光闪醉翁。

2007年纪念欧阳修诞辰1000周年全国诗词书法大赛
创作二等奖

题运城李家大院

墙隔天地异,门敞景观芳。
叶茂根深树,孙荣子孝堂。

中英文化站,信义道德庄。

旭日东升起,花园百卉香。

2007 年运城市李家大院暨万荣笑话博览园诗词联征集活动二等奖

联说天下事

新闻背景:一个贫困县有 15 个县长助理。

纱帽满天飞,卖官所致;

人情随手送,受贿使然。

2007 年《中国楹联报》第 41 期乙级联

联说天下事

新闻背景:还有多少市长信箱在糊弄百姓?

挂羊头,市长信箱,时髦一闪;

卖狗肉,人民收件,错误百出。

2007 年《中国楹联报》第 42 期乙级联

联说天下事

新闻背景:儿子过周岁,老爸花十万。

周岁人生,健康为上,表面文章无意义;
巨资庆典,事态失中,虚荣心理太荒唐。

2007 年《中国楹联报》第 37 期乙级联

攻擂揭晓榜

党会指航欣舵稳;
人心向正望风清。

2007 年《中国楹联报》第 50 期亚军联

联说天下事

新闻背景:全国道德模范武秀君坚持诚信,替亡夫还债。

天塌地顶,夫债妻还,承诺立山,清风激荡震商贾;
欠据重开,诚信高擎,巾帼亮剑,正气凛然惊鬼神。

2007 年《中国楹联报》第 47 期乙级联

联说天下事

新闻背景：富翁7年花费600万元，收养72名孤儿。

兴业发财，当家二老住楼层，勤俭美德神鬼敬；
投资办校，收养孤儿居别墅，仁慈大爱地天钦。

2008年《中国楹联报》第8期乙级联

云霞胜景久流连，究其山水萃人才，九凤朝阳，奇峰兀起
隋唐际；
将相裴族多进涌，总赖诚学通仕宦，千秋守训，巨擘频出
天地间。

2008年"中华宰相村"海内外征联大赛二等奖

评论：这是山西太原赵黄龙先生的二等奖联作。赵先生乃山西联坛新生
代，各类报纸杂志时见佳联。这次获奖更是可喜可贺。上联借景抒情，铺陈地
利、形胜，景外有景，心有所寄，展现了宰相村的鼎盛和见证历史的脉络连
接。下联守训及里，雄视千古，究其因果。感叹"将相裴族多进涌"、"巨擘频
出天地间"，是以"推诚以应物为先，强学以立身为本"的族训与时而胜。以时
空为镜，至情；以历史为镜，至理。见解独特，语重心长。

整联工稳实在，有血有肉，起笔高昂。"奇峰"、"巨擘"，空灵有致，十分出
彩。尤其是结句，意境高远，达到了思想性和艺术性的高度统一，哲味丰饶！

（摘自《族创千秋业，联扬百世功——"中华宰相村"海内外征联大赛述评》）

联说天下事

新闻背景:中小学教学区要设禁烟标志。

治校良方,立校严规,净化校园光圣地;
禁烟标志,控烟行动,拨开烟雾见晴天。

2008 年《中国楹联报》第 32 期乙级联

四季联苑

故地重游,山水有情人意淡;
好诗再咏,文思交感句辞新。

2009 年《对联》(下)第 2 期二等奖

赞三军仪仗队——空军

展翼凌空银白霜,穿云破雾自高扬。
阅兵仪仗三秋菊,观礼宾朋六合光。
整队编排花绽放,抬头仰望鸟飞翔。
瞬间变幻蓝天舞,志在和平向远方。

四边方阵角棱线；

三路雄师海陆空。

惊天方阵九霄瞰；

动地足音千里听。

2009 年中华人民共和国成立 60 周年大阅兵全国题贺
艺术大赛二等奖

曾昂首仰天，谁晓阶前就是登天路；

若下山观世，自知禅后堪为处世人。

2011 年山西·隰县小西天楹联、散文、诗赋征集比赛
二等奖

攻擂

出句：钱物济贫，情溶冰雪寒冬暖；

对句：诗联励志，字挂门庭陋室明。

2006 年《中国楹联报》第 3 期季军联

忆中山先生

一生寻北斗,长夜挂征帆。

意欲雄狮醒,行将赤胆捐。

主张追日月,口号震河山。

透过几重雾,明星闪在天。

2006年"中华颂"老少文学艺术大赛铜奖

机巧联

少女中标致富;

老妇造假发财。

2007年《对联》(下)第2期三等奖

攻擂

出句:热闹祥和,欢乐新年今又是;

对句:宽松自在,平安故地旧全非。

2007年《中国楹联报》第8期季军联

攻 擂

出句:立法保财产,物权私有合情理;
对句:为国谋富强,人事公平正是非。

2007 年《中国楹联报》第 12 期季军联

攻 擂

出句:杨女追星,家破人亡无悔意;
对句:思维走火,魂飞魄散有危情。

2007 年《中国楹联报》第 15 期季军联

欢乐擂台

对句:南海观音北岳仙,古佛老道;
出句:西湖龙井东坡肉,美味佳肴。

2007 年《对联》(下)第 7 期三等奖

绿色大山,红色老区,荀子故乡,摩崖石像安详笑;
黄金玉米,乌金煤炭,连翘产地,塔影沁湾泽惠流。

2007 年安泽县荀子文化园海内外征联大赛三等奖

田园联趣

石榴结果露牙笑;
土豆歪头滚地玩。

2008 年《对联》(下)第 1 期三等奖

攻擂揭晓榜

出句:节假安排,民俗传统当尊重;
对句:国情参照,文化内容须保留。

2007 年《中国楹联报》第 50 期季军联

攻擂揭晓榜

出句:因火生烟,若不撇开终是苦;
对句:人言在信,吉能并起始为哲。

2008 年《中国楹联报》第 10 期季军联

攻擂揭晓榜

对句:奥运佳音,品酒听歌交响曲;
出句:庄周故里,吟诗论道漆园春。

2008 年《中国楹联报》第 14 期季军联

攻擂揭晓榜

出句:圣火北京来,众人举目;
对句:青云平谷至,各界开心。

2008 年《中国楹联报》第 25 期季军联

田园联趣

闪闪金光,晚霞洒满晚归路;

弯弯银月,夜色抖开夜睡袍。

2008 年《对联》(下)第 6 期三等奖

征联大擂台

出句:国庆新中国,盛典国威彰永盛;

对句:兵行大阅兵,青春兵壮话常青。

2009 年《中国楹联报》第 42 期季军联

征联揭晓榜

出句:昔日英雄,今成罪犯,黑心未尽终成祸;

对句:曾经霸道,改守通途,大志永存自守福。

2009 年《中国楹联报》第 52 期季军联

永遇乐·志愿者礼赞

好戏连台,自编自演,动人精彩。夏日风凉,冬时火热,奉献无私爱。雨中送伞,病中煎药,济困扶危痛快。夜灯明、风吹不灭,笑容满面和蔼。　　春风化雨,禾苗生长,千里田园灌溉。乐在其中,丰收连片,深感真豪迈。汶川地震,北京奥运,百万大军奏凯。正长征、洪流滚滚,文明表率。

2009年山西省庆祝中华人民共和国成立60周年职工诗歌大赛三等奖

琴韵醉牛,高弹交响和谐曲;
春声唤虎,力撞科学发展钟。

2010年邗江区"文明邗江更和谐"春联大赛三等奖

四季联苑

恭贺慈父90大寿

耄耋无忧,吃亏二字降压片;

期颐有望,行善一生增寿丹。

2010 年《对联》(下)第 8 期三等奖

新绛医院迎新春

绛虎迎春不染尘,登山济世奉丹心。

力奔二甲凿橘井,情向万民啸杏林。

灵验新方石胜玉,神奇妙术杵成针。

青囊装满仁德艺,起死回生风卷云。

2010 年"新医杯"全国征诗征联三等奖

吟计划生育

人人籍贯地球村,优育家庭百事新。

男女出生一样姓,中英对照两同文。

补粮下种开机早,看病读书免费真。

独子长成龙凤虎,俊才忠孝自为金。

2010 年平陆县"人口杯"全国有奖征联征诗三等奖

中级擂台

对句:朱笔点红日,舍利塔驰名南北;

出句:彩虹卧碧波,赵州桥享誉古今。

2011 年《对联》(下)第 4 期三等奖

欢乐擂台

对句:农院风清李道白;

出句:春江水暖柳垂青。

2011 年《对联》(下)第 4 期三等奖

征联大擂台

出句:内外兼修,功夫自是出联外;

对句:宽严须活,境界绝非因对严。

2011 年《中国楹联报》第 28 期季军联

纪念白乙化

辽阳小白龙,革命向前冲。

学运堪称将,斗倭亦作雄。

拔牙掰虎口,化智破牢笼。

血染幽燕地,高升雨后虹。

2011年"勿忘九·一八纪念白乙化'宏伟杯'"全国诗词大赛三等奖

科技配方千味药;

阴阳扎穴一根针。

2012年重庆市永川区"中医杯"全国楹联大赛三等奖

老子言,召伯情,大德清风兴大政;

比干庙,包公祠,中原正气壮中华。

2012年"中原清风杯"廉政楹联活动三等奖

举觞

春风吹古巷,老树宿黄鹂。

友会三杯酒,情开一首诗。

中华多义气,大道少蒺藜。

微醉心中美,歌吟自解颐。

2012 年"中国酒·中国情"全国诗词联大赛铜奖

碑林公园

游客有心碑会意;

石头无语字传声。

2005 年太原市"园林杯"海内外征联优秀奖

评论:此次征联珠玉频现,然受奖项所限,不少佳作只能屈居。如山西太
原赵黄龙为碑林公园所撰 "游客有心碑会意,石头无语字传声。"作者以拟
人手法,别出心裁,以"有心"、"会意"把有情之人和无情之碑会话交心表现
得活灵活现。以"会意"二字反衬客之凝神读碑,则铁划银钩尽现眼前。由此
及彼,人碑对话,妙在传神,何患无声,实为生动活泼,构思精巧。

(摘自《园林溢彩 联海飘香——记"园林杯"海内外有奖征联大赛》)

汾水吟歌,五洲贤达摩肩至;

太行挥手,三晋古风扑面来。

2005年太原江南餐饮集团"全晋会馆杯"征联佳作奖

出句:药克癫痫,术愈沉疴,驰誉全球,高手杏林花竞秀;
对句:证分表里,治施根本,降福人世,大家康苑果争红。

2005年保定世臣癫痫病医院"杏林杯"征联佳作奖

尚志爱国,攻城守土,取义舍生,魔窟斗恶昭天地;
英雄抗日,杀寇擒贼,冲锋陷阵,虎口拔牙惊鬼神。

2005年朝阳市缅怀民族英雄赵尚志海内外征联佳作奖

村村通路虎添翼,志士驱车,百业归途,加油充电
上高速;
户户开笼鸟入天,众生亮翅,三农破雾,击雨搏风

作大鹏。

2005 年运城市"公路村村通"全国有奖征联佳作奖

对句:七五所生,兄弟情缘一世愿;
出句:三十而立,中菲友谊万年青。

2005 年庆祝中菲建交 30 周年诗词联赛优秀奖

神舟六号行空,玉帝接风,吴刚敬酒,嫦娥起舞,王母
让桃,织女放歌,仙宫庆贺星光灿;
志士五天巡地,诸邦贺电,友党致函,华裔扬眉,国人
吐气,专家评论,世界欢呼科技强。

两岸破冰,春意融新宇;
一家度岁,友情拜大年。

诚信英模,诠释党员先进性;

和谐社会,解读发展科学观。

公民诚信人人敬;

社会和谐处处春。

《2005 对联中国》评选优秀奖四联

晨钟暮鼓,声声奏响耕读四季曲;

绛帐贡毫,笔笔绘出桃李三春图。

2005 年新绛县"兴教杯"征联佳作奖

德聚店中,火暖红心,谁为烧烤手?

香飘国里,艺拔全味,我是美食人!

2005 年第一届"全聚德杯"海内外大征联优秀奖

白椋红叶春秋色；

黄佛绿茶天地心。

2005 年安溪"泰山岩杯"海内外征联优秀奖

作帮手，扶上马登程，千军陷阵；

为娘家，好维权打伞，万事平心。

2006 年湖北第 11 届"云鹤楹联奖""工会杯"征联
优秀奖

龙潭公园春花岛芳香亭

花香常使客人醉；

湖亮总将亭影邀。

2006 年柳州市"园林杯"征联佳作奖

出句：万物所基，人类生存之本；

对句：五行为正，根源化育其中。

2006 年山东棉都"夏津杯"全国大征联佳作奖

办事为民,用好公权,人仰高山常论理;
见钱克己,看轻私利,水流大海总言平。

2007 年云南保山市反腐倡廉征联优秀奖

大将楚材,军事天才辉日月;
会同宝地,人文风景映河山。

2007 年纪念粟裕大将诞辰 100 周年全国征联优秀奖

徽调楚声,高奏和谐交响曲;
泾宣歙砚,巧描发展复兴图。

2007 年安徽省"皖江潮"征联优秀奖

德聚德合,仁德至上烤文化。
味香味美,口味领先鸭品牌。

2007 年第二届"全聚德杯"海内外大征联优秀奖

飞虹百道桥乡路；

听雨九天廊庑风。

2007 年中国·泰顺廊桥诗词楹联大赛优秀奖

东弥雾，西洒雨，绿胜红肥，词胜景绝，武陵枉然春色；

北思国，南念夫，花输人瘦，石输愁重，故园曾荡秋千。

《2007 对联中国》题章丘清照园佳作奖

正气一腔，忠心赤胆为民，不搞钱权交易术；

定神双目，火眼金睛反腐，能平酒色鬼门关。

2007 年正定县"检察杯"为民、务实、清廉楹联有奖征集优秀奖

五省通衢

坐标圆点，朝日照车，西北东南，四面八方辐射去；

区域中心，晚霞映路，秋冬春夏，九州五省汇合来。

2008 年徐州市名胜古迹暨新建景点征联优秀奖

登祝融峰

脚下白云倍感亲，前来殿里捧红心。

登峰已是天庭客，澄虑皆无地域尘。

揽月乘船游碧落，摘星藏袖数花银。

灵魂净化清心脑，回到人间疑是神。

2008年中华诗词华表奖

风吹函谷关，三秩时节逢好雨；

院种甘棠树，八荣花果溢芳香。

2009年三门峡市"科学发展 共建文明"全国楹联大奖赛优秀奖

水库太平，村落太平，地舆历史太平续，更赖太湖添画境；

乡约吕氏，春秋吕氏，文化中心吕氏冠，自依吕律壮名声。

2009年浙江永康"吕氏文化中心"全国征联优秀奖

金融有信，工行绽放牡丹卡；
春色无边，储户争填存款单。

2009年"工行杯"迎春新春联征集优秀奖

霞彩日光，依楼投影开禅镜；
晨钟暮鼓，荡气回肠正梵音。

2009年甘肃泾川大云寺博物馆海内外征联优秀奖

大治篇中，三农绘画三春艳；
小康路上，五虎登山五岳新。

2010年河南济源市第二届（庚寅）迎春征联优秀奖

春风常驻大峡谷；
虎子又登新舞台。

2010年浙西大峡谷《虎年春联100对》优秀奖

与孔子看齐为圣,文武双星,读义春秋真守义;
同赵公并立是神,黑红两面,护财将帅不贪财。

2010 年纪念关公诞辰 1850 周年全球华人征联大赛
佳作奖

心热自强,坚冰绝对逢春化;
身残莫怨,弯月依然照夜来。

2010 年涟源"自强杯"全国诗联大赛优秀奖

放眼两头金海岸;
举杯千手铁观音。

2010 年第四届海峡两岸茶博会征联大赛佳作奖

税徽闪闪富安徽,合肥天下;
山皖青青清水皖,包拯宇中。

2010 年安徽"地税杯"楹联征集活动优秀奖

阴米名牌,益气补中,以人为本,华容道上弘扬义;
湘妃特色,任云飘下,拟雪见清,范蠡舟中纵论商。

2010年华容县争创全国文明县城诗联大赛优秀奖

百年梦圆世博会(续诗)

万客何辞仆仆尘,百年一梦恍然真。
邀来黄浦江心月,醉作青山画里人。
共布千秋桃叶令,同歌万曲沁园春。
畅游各国神仙洞,物我和谐日日新。

(首颔联乃林从龙诗)

题中国馆(藏头诗)

题新报告色鲜红,如火燃情旭日东。
中正层层书九稳,外方字字写一工。
国花艳丽全开放,华冠崔巍倍敬崇。
馆任蓝天星月布,风云激荡景无穷。

对句:人来世博会尤靓;

出句:春到地球村最浓。

出句:和谐世博园,广厦万间先得月;

对句:理想人居境,新家百馆早成星。

2010 年魅力世博·中华国粹题赠艺术大赛优秀奖

欢乐擂台

出句:夕阳下岗气红脸;

对句:垂柳迎春染绿眉。

2011 年《对联》(下)第 1 期优秀奖

绿园三晋,廿个日出镜;

红线一根,十年法把关。

2011 年山西"国土杯"征联优秀奖

对联乐园

对句:奖项赛中中项奖;

出句:棋盘山下下盘棋。

2011年《对联》(下)第15期优秀奖

德高茶博士;

珍贵铁观音。

2011年福建"德珍杯"海内外征联大赛优秀奖

人老秋华结硕果;

心灵手巧绣兰英。

2011年中国寿乡·钟祥百岁寿星陈华兰嵌名联优秀奖

中山码头联

刚才如是听,笛声入耳百年韵;

仿佛似曾见,甲板迎风一代人。

2011年中国楹联学会、江苏省楹联研究会、上海楹联
学会"纪念辛亥革命100周年"海内外大征联优秀奖

明月五洲盘,宝威月饼摆其上;
红橘千岭果,黎庶橘篮放在中。

2011年化州市"化橘红杯"全国中秋楹联竞赛优秀奖

美色动容,提拔女官大任;
金钱出手,打通法院侧门。

2011年河东楹联网时政联选佳作联

辛亥史传名,总记浏阳,勇举宇中义;
浏阳人致富,常思辛亥,敢为天下先。

2011年浏阳市纪念辛亥百周年"辛亥风云同心同行"
主题征文优胜奖

化富为仁,献爱胜亲,扫描枫叶比春色;
居室知孝,出门敬老,陶醉秋风赏菊花。

2011年济源市"重阳杯"征联优秀奖

欢乐擂台

出句:百花怒放多生气;

对句:千叶散开广采风。

2011 年《对联》(下)第 10 期优秀奖

题井尾坡庙会

三月雷州景象和,阴阳圩井任穿梭。

驾游圣像平风浪,祈福渔民敲鼓锣。

北出午前迎赤日,南归阁后下斜坡。

买来竹器流年利,隔水传来众唱歌。

2011 年广东雷州市井尾坡妈祖庙"妈祖杯"诗词、楹联、雷歌比赛优秀奖

七十春秋,万千春意,生活三部铿锵曲;

二为方向,双百方针,文艺一张经纬图。

2012 年太原市楹联家学会纪念毛主席《在延安文艺座谈会上的讲话》70 周年征联优秀奖

应征"乐天杯"赋

舞起心中破壁龙,诗人定会越时空。

参观今日发煤站,对比当年卖炭翁。

不必寒天飞白雪,已知高价辱黄铜。

红纱半匹羞唐史,市井千元警世钟。

2012年渭南纪念白居易诞辰1240周年诗词大赛
优秀奖

出句:怒发冲冠,不为国,不为民,只为红颜一怒;
对句:悲情催泪,彼因亲,彼因爱,此因绿帽三悲。

2012年《中华楹联报》"三味奇杯"第52期征对句
优秀奖

纪念鲁迅诞辰130周年

史谷回音呐喊声,彷徨岂可去前行。

高瞻爱国故乡月,频打醒狮寒夜更。

野草坟生新战士,残冬药死臭苍蝇。

投枪笔论新文化，绿染沉沦五岳峰。

2011 年纪念鲁迅诞辰 130 周年中华诗书画邀请赛
优秀奖

六载奠基，龙山永仰尼山，建精神大厦图千丈；
百年赐福，便水兴追泗水，修学问长桥度一生。

2012 年湖南永兴一中百年校庆征联大赛优秀奖

龙门村跃龙门，门门鱼跃；
春节竹迎春节，节节鸟鸣。

2012 年黄浦区第七届老西门春联大赛优秀奖

纪念杜甫遐想

庆典邀来诗圣返，锦城灯火亮堂堂。
草堂验罢生前像，宾馆推开总统房。
夜饮长安西凤酒，日行巩义洛阳乡。
吟诗花会同民唱，酒肉朱门更举筋。

2012 年纪念杜甫诞辰 1300 周年创作活动优秀作品奖

萱泽绵绵,五彩云萦辉洞府;

慈颜栩栩,九苞莲绽映天尊。

2012 年西安曲江大明宫楼台观文化景区有奖征联
优秀奖

访柳林

游罢香岩寺,便来阆苑间。

乌金流胜地,红枣接青天。

日月黄河影,云霞绿柳烟。

贺昌雕像下,众话赋新篇。

继贺昌志,泛乌金流,鸽子刻石频引凤;

邀一水月,观双塔影,孟门开道屡腾龙。

2012 年柳林诗词楹联学会征集诗联优秀奖

入围入选作品

史册英雄名绝响；

家乡尚志柳长青。

土冢一抔，英灵永尚山河志；

云天万里，浩气常存日月光。

2005 年纪念民族英雄赵尚志将军海内外征联

问切望闻诊病灶；

君臣佐使治癫痫。

世传洙泗水灵活，君臣无虑保康也；

人患癫痫疾固守，内外有方定克之。

2005 年河北保定世臣癫痫病医院建院 20 周年
"杏林杯"全国征联

一德二聚三全，自然美味；

二店一庄四号，绝对品牌。

2005 年第 1 届"全聚德杯"海内外大征联

管弦鼓乐,高弹社会和谐曲;

党政军民,大树科学发展观。

珍惜半两油,抢先驶入快车道;

节省一滴水,尽早推出生态年。

《2005 对联中国》入选联

赤气升腾,墓冢映河山,齐鲁帝乡八百里;

金光闪烁,塔堂辉日月,儒佛圣地五千年。

2006 年圣域诗联"中都杯"有奖征联

帅将相清官,生同日月并辉,功垂万世;

松竹梅好友,死与山河共永,名耀千秋。

2006 年纪念毛泽东、周恩来、朱德逝世 30 周年"月意
怀恩杯"征联大赛

加液压,化耻除污求至洁;

升吊板,扬荣守誉放极光。

2006年贵州长垣县农建杯征诗联

工会搭台,兴业开门,接通线路总来电;

人员唱戏,增岗定位,装好螺钉自闪光。

2006年湖北省第11届"云鹤楹联奖""工会杯"征联

咏时事

三个文明,齐吟发展歌,大调弹弦即步韵;

六中全会,再奏和谐曲,高山流水尽知音。

新农村

绝对农村,焕然城市,轿车载客门前过;

原先土院,现在楼房,春燕寻巢厦后飞。

第八次文代会

荟萃人文,盎然春意花香味;
繁荣艺术,浩荡清风鸟语声。

《2006 年对联中国》入选联

东去黄河,摄拍浪顶广留影;
西扬龙首,顾盼源头大聚焦。

2006 年《留芳聚翠》一书"嵌留聚名"联

纪念纪晓岚逝世 200 周年

先生吟妙联,声声悦耳音犹在;
世代传佳话,句句激情味永存。

题北京龙庆峡"平湖秋月"

鱼游碧水追一影;
月照晴空映二轮。

贺南昌市楹联艺术节

炮鸣八月,军绿九州,武市威犹重;

序炳千秋,联红百业,文城雅有余。

题安徽凤阳鼓楼抱柱

鼓声惊醒农家梦,龙飞凤舞;

楼势荡出王者神,阴降阳升。

题佛山市顺德区峰山公园"游躅芳踪"

游园赏妙心方醉;

躅步寻芳眼又花。

题运城"今日国际商城"步行街

一心鉴赏百铺货;

两脚丈量二里街。

上海国际茶文化节"石生杯"征联

茶山茶路通欧美；

羽道羽经贯古今。

应南昌市文联全国征下联

出句：小平小道，一路延伸，万里神州奔大道；

对句：后羿后天，五光喷射，千层霄汉改前天。

花甲自题

一支秃笔蘸时雨；

两句妙联托晚霞。

2006 年入编《中国楹联大典》

情人园

满园春色源于爱；

双目火花闪自情。

沁园春·雪

一时天下皆飞雪；
万物心中全寓春。

行善亭

遮阳避雨为人设；
歇脚乘凉邀客来。

2007年潍坊市"三河杯"海内外有奖大征联

文光奂奂，武风猎猎，绿地蓝天，玉蕴金辉，良骥骚人争毓秀；
龙脉悠悠，虎气绵绵，帝乡王土，云蒸霞蔚，豪门巨贾共钟灵。

2007年徐州户部山首届楹联文化节海内外大征联

苗圃园畦，巧栽绿衣，意在山河千里绿；
日光温室，暗藏春色，情于市井四时春。

2007年太原市北固碾村征联大赛

千里问学来此地；
一时圆梦拜斯人。

天地重开，卿回故里放声讲；
古今幸会，人到园中倾耳听。

拜谒先哲，儒法天空星闪烁；
传承后世，人文海域浪奔腾。

史越千年，学海无边卿破浪；
山隔万里，拜师有路我乘风。

有缘拜子行千里；
无限感恩表一心。

性说刻骨戳穿性;
天论超凡看破天。

解蔽论天,苍宇清风翻史册;
劝学议礼,青云坦路汇人才。

揭开天论第一页;
蔚起学风不二篇。

2007年安泽县荀子文化园海内外大征联

千年望海留诗句;
五岛连桥入画图。

五岛七桥,龙行大海翻白浪;
一楼千月,人望长天连碧波。

放眼海天，云水翻腾白浪去；
纵思今古，岛桥曲绕赤龙来。

2007 年浙江洞头县望海楼征联

忠义堂

济济一堂，忠义灵魂辉日月；
悠悠百代，英雄本色壮山河。

梁山武术

拳打脚踢天下走；
神凝气运体中行。

2007 年梁山"水浒杯"海内外有奖征联

题本人嵌名联

黄河万里奔天地；
龙种千年延古今。

嵌本人笔名联

莺声催绿点红到；

山气经风唤雨回。

2007年《联都论坛》选

与世结交,五瓣敞怀,笑脸迎宾,坦诚见志,花里真君子；

同蜂相恋,一心达意,羞容流韵,烂漫溢情,色中好品格。

2008年迎奥运——中国肥桃诗歌书画创作展

武氏墓群石刻

车水马龙,一路飞尘,汉代生活石刻画；

雷公电母,满天落雨,线条艺术斧凿功。

鲁 锦

变化万千,如云棉海日光照；

纺织千万,似画锦山图案出。

石头表现生活,唢呐吹全球曲谱,何况千秋随凤舞;
宗圣辟开孝道,人伦放鲁锦光华,尤其三省涌仁君。

2008 年山东济宁嘉祥县"宗圣杯"海内外有奖征联

妙句甘棠,琪树甘棠,文化传承登月辈;
西周仁政,中华仁政,召伯呼唤掌权人。

2008 年"召公杯"第 2 届全国廉政诗词楹联大赛

梦游长江

梦游天地转,漫步在天边。
金水银河阔,铜堤铁坝宽。
空中飞电线,浪里荡渔船。
上岸棉花笑,三餐稻米甜。

2008 年入选《长江颂》一书

反腐务实,正气一身降妖手;
为民依法,清风两袖检察官。

2007 年正定县"检察杯"为民、务实、清廉楹联有奖征集

题 2008

龙目圆张,西蜀山川爱补修,七号三雄游宇宙;
鼠标频点,南国冰雪情溶化,百金双奥灿全球。

晨 耕

东方欲晓,村口牛铃声渐远;
北岭生辉,地头人物影方长。

新农村

排排《百尺楼》,茫茫《村意远》;
处处《千秋乐》,渐渐《楚云深》。

题姜太公

长竿钓起江山万里;
大治翻开历史千年。

感 怀

烛光明亮教师节；
冠冕堂皇博士生。

深思钻井三千尺；
远见破云五百层。

结果如何，无非成败两张卡；
过程怎样，定是音符一路歌。

阅读眼里自冲电；
思考心中必放光。

半卷诗书，讲述千秋人事；
一支画笔，移来万里江山。

廉似清泉明见底；
贪如浑水暗藏鱼。

题河南云台山

云里筑台，峰岭贪心思揽月；
峡中舞水，瀑泉任性梦飞虹。

题李清照

人比黄花瘦；
词同白雪清。

机巧联

棚中木耳夸优点；
架上黄瓜显特长。

学成博士后；
教到退休前。

角上留言留上角；
心中定位定中心。

《中国对联作品集》(2008 卷)

权力集中，过分集中反腐难，制约权力；
作风民主，及时民主倡廉易，转变作风。

道义先行，制度先成，致富发财人不贿；
当仁不让，当官不贿，奉公办事品先成。

2007 年云南保山市反腐倡廉楹联征集

塞北江南，朱市鱼乡，黑土明珠思进位；
黄金水道，港桥生态，两江骄子力争强。

泾渭分明,栗黑分明,弘艺千年如古邑;

百强清楚,四区清楚,飘香万里似莲花。

2008年黑龙江省"肇源杯"全国征联大赛综合联

接力古城,灵龟添寿万人祝;

燃情圣火,宝镜聚焦千影留。

遥天圣火上城头,人山人海;

平步青云留炬影,金镜金光。

红日照城头,五彩抹天迎圣火;

雄风敲鼓点,八音动地放金声。

应对联

上联:如霞圣火过平遥,喜见祥云缭绕,巍巍堞楼,灵光
辉映,完整画卷,文化宝库,绿水青山分外娇。福娃
托五环,千载古城添异彩;

下联:似炬明星奔大道,重视高手汇集,煌煌形象,金镜抢拍,双林佛寺,各国摄影,长城广韵特殊秀。票号树一帜,百行芳花溢其香。

2008 年平遥古城迎圣火征联活动

民主扎根,保障开花,赤子情怀修富路;
种子长叶,和谐结果,白沙工业绘新图。

2009 年河南中牟县白沙镇迎春征联

百鸟唱新歌,曲谱和千调;
全球通短信,铃声响五洲。

移动进千山,花香鸟语铃声闹;
神州行万里,路畅桥宽脚步飞。

动感节拍扬个性,
阳光地带显时髦。

艺术源泉，手机短信文学梦；

生活本质，移动长征号码图。

2008年中国移动"百万信赖 感谢有你"全国楹联大赛

闯王陵

日本溯源，茶道悠悠云雾雨；

闯王圆寂，禅门隐隐祖庭廊。

湖南石门县夹山"原谷杯"楹联大赛

状元桥

一桥星宿文光闪；

三晋云天学子登。

牌 楼

龛上白霜留印迹；

风中红叶讲传奇。

穴中养母孝心大；

世上救民医术高。

2008 年傅山杯征联大赛

蓝天绿水春光美；

和气清风境界新。

春色谁先，一枝梅绽放；

岁头我早，万里雪纷飞。

金猪传令，人间天上同斟酒；

银鼠接风，百姓神仙共庆春。

2008 年《中国楹联报》(戊子)新春联

发展为文，函谷挥毫，三秦大书开放赋；

科学作序，黄河泼墨，八荣特写改革篇。

函谷关文众笔签,共谋发展;
甘棠树种全心育,首讲科学。

2009年三门峡市"科学发展 共建文明"全国楹联大赛

读大兴安岭

大兴安岭展奇书,古韵莲花首页出。
白雪黑熊千里画,青松红豆万年图。
飞龙鸟叫惊白桦,冷水鱼游动碧湖。
夏至极光多变幻,缤纷五彩会神读。

2009年"古莲杯"全国诗词、歌词大赛

锁赍

大连中远孕,予产待临盆。
蓝郡科学魄,书香经典魂。
宜居参数准,专注眼光神。
分娩惊星月,白城抱美人。

专注骄阳八万丈；
宜居绿色九千分。

蓝郡家园，现代文明永遇乐；
书香门第，科学楼厦满庭芳。

2009 年"书香蓝郡杯"全国诗词楹联大赛

步养根斋韵贺公主岭市创建诗词之乡

公主花容映富乡，铃声和韵谱词章。
黄龙驾雾吟秦汉，白马迎风啸宋唐。
怀德诗人歌淡雅，问心县吏政芬芳。
扬波辽水翻金浪，岭上莺啼笔阵长。

2009 年入选《公主岭风韵》一书

10

一部家族史,听皇榜题名,殿堂颁诏,开道鸣锣出任去;
百张仕宦图,看冠裳流韵,车马扬尘,回乡击鼓省亲来。

族谱碑亭

倒转时空,地下有灵,祠殿群英将荟萃,古今对话;
翻开族谱,心中无憾,胸怀大志待集成,新老共天。

碑　馆

有幸石头说宰相;
无声文字道将军。

博物馆

牌匾笏简,件件般般,千宗驰誉醉风月;
诗词戈戟,文文武武,百代播声传古今。

2009 年"中华宰相村"海内外征联

感激纳税人，万众推食父母；

理解征收者，一国执法官员。

2009年"和谐税务杯"全国楹联大赛

将帅一班，南征北战风霜染，有志爱农敬业；

春秋四季，东划西测点线连，无边绿水青山。

十年递进开发，露宿风餐，点射线连全拓面，染绿无边春色；

百策综合治理，口传手教，配方造血满加油，描红多数富民。

2009年运城盐湖区"农发杯"全国楹联大赛

律己廉官，正气萦怀生铁骨；

爱民仁政，春风化雨洒甘霖。

廉洁不是清贫，只是爱财有道无私取；

仁政并非慈善，原应执法为民依理行。

2009年菏泽市"牡丹杯"全国廉政楹联大赛

做官欲正,跳动一心,滚动一舌,不说假话便为正;
从政必公,睁开双眼,张开双耳,勿起私情自是公。

道德二经,出于函谷雄关,道大德高法自然,老子哲学光万代;
修养一论,写在渑池兵站,修身养性充其电,少奇著作耀千秋。

分娩二经,崇尚自然,函谷雄关凝紫气;
诞生一论,专修党性,渑池兵站亮灯光。

一论登峰,身修党性,渑池站里迎八路;
二经乐水,道法自然,函谷关中望九曲。

2009 年河南"讲道德 论修养"全国楹联大奖赛

治污大政同心,碧水蓝天宜赏月;
戒染小家协力,红花绿树好朝阳。

打造名城,须普及染绿千区,实心大种摇钱树;
成全本市,莫辜负朝阳二字,空地多植向日葵。

2009 年朝阳市"建设国家环保模范城市"海内外征联

人类万能主;
天国一位神。

圣经神话,千年一字不能易;
虔者信徒,百验万人自可恭。

唱诗读圣经,时时修筑登天路;
慕义驱魔鬼,事事感激谢主恩。

信教尤爱国;
敬神更益人。

尊崇信仰；

营造和谐。

2009 年入选《基督教楹联大观》一书

三秋回春,五洲博览,欣顺义科学发展,花海无边织
锦绣;

六旬国庆,九域大观,赏中华开放改革,京城有客溢
芬芳。

博览百花,春色无边国顺义;

纵观六秩,人民有位政怀仁。

2009 年北京顺义"花博杯"海内外有奖征联

紫微岛

绿水波环百日红,峰岩茅箭刺苍穹。

珍禽异兽奇稀野,铁壁铜墙险秀雄。

古树纷呈识有限,彩云变幻卷无穷。
出神入化游人醉,赛武当山名景同。

绝对云天,百闻一见三生幸;
自然茅箭,万紫千红十堰福。

2009年湖北十堰"紫微岛杯"诗词(楹联)大赛

洪洞大槐树赋

洪洞古邑,史越千年;因洪崖而壮美,依古洞而奇瑰。汉槐之最,华夏之骄;汾水扬波,太岳摇铎。明代移民,故事今古呈祥;大启还乡,美名世代流芳。贾村新貌,槐荫广延;碑盈紫气,园印龙迹。寻根万里风醉,问祖千秋鸟回。

元末战乱络绎,明初靖难之役;豫皖饥荒,冀鲁祸殃。唯表里河山固,山西民丰谷足。三晋风调,外省难民托寄;晋南雨顺,人口富庶稠密。洪武移民,缓和社会矛盾;永乐迁徙,恢复乡村田野。五十年间,官调广济寺内;一十八次,民离槐荫树下。多少游云雁影,多少小趾甲形。

晚秋时节,叶飘万里思根;老鹳恋窝,声哀千年荡魂。离情泛起,举步维艰。成群结队,仰天引颈;携老扶幼,洒泪放声。留恋古槐,回首转身驻足;凝目鹳窝,官喝兵催移步。背井洪流,伴汾水波涛去;伤心背影,随夕阳晚照虚!

烟云若梦,情景如诗。安徽江苏,种田引水挖渠;河南河北,垦荒披星戴月。百代光阴传诵,万里风云追踪。老翁佳话,脱履小趾亮甲;后昆疑猜,驱车大地问槐。

大槐树老鹳窝,饮水思源,知因晓果;祖先地洪洞县,沧桑巨变,故里蓬勃。百姓安居,千村广厦林立;三农乐业,五谷千顷浪起。富我洪洞,美我故乡。科教兴县,播澍雨驾云龙;以人为本,招彩凤栽梧桐。广结商侪,寻根路上并肩;遍联同胞,祭祖亭前留念。叶茂融情,珍惜故土时空;枝繁合影,绽放人生笑容!

今昔祭祖,崛起复兴壮志;远近寻根,谱写爱乡诗史。游子若临当醉,后裔如至则慧。槐荫作证,众姓氏皆主人;碑石镌名,海内外系宗亲。山连山水连水,根连根心连心;一篇辞赋,四海知恩!

2009年洪洞大槐树赋征集

圆满品牌,出炉日月三餐印;
香酥特点,进口芝兰百姓福。

周村烧饼,知味仰鼻,如早烹茶夕煮酒;
齐地品牌,望形醉眼,似秋赏月夏观荷。

2009年(山东)周村烧饼海内外楹联大征集

西望皆惊,百里石窟托巨塔;
北读则叹,一支佛笔写长天。

舍利闪光,宝塔凌霄,万里慈云拥梵寺;
石窟开眼,瑶池亮镜,三乘法雨润佛天。

百米浮屠,放眼壮怀,饱览西天佛圣境;
五函舍利,惊心动魄,尽折东土梵灵光。

2009年甘肃泾川大云寺博物馆海内外征联

冬季擂台

虚心守节人学我；

映水染山我谢人。

2009年《对联》(下)第12期

评语:语言朴实无华,全联以竹的口气,话竹的心声。上联写竹的品质对人类的影响;下联说明无论竹生命力有多强,还需要人类的爱护。联有提醒人们保护环境的意义。惜"节"、"学"新旧声混用。

宝鸡三唱朝霞灿；

地税一收财富盈。

地涌物泉,井放池喷流九野；

税收财库,水成渠引润千家。

平面几何,财富周长,发展中心规定点；

地方经济,科学税务,征收半径划出圆。

2009年宝鸡"地税杯"全国楹联大赛

尊重科学,打开道道关门锁;

坚持发展,登上层层望海楼。

2009年四川丰都鬼城征联

人间望月喜忧半;

世上观花富贵全。

吟大连自来水

拧紧龙头,大连万户到终端,自来自律,处处低吟节水曲;

开足马力,中转千变达角落,有应有求,时时高奏灌田歌。

大手笔挥来,水准自高清肺腑;

连心桥架起,龙头共紧惠公私。

题山东莱芜钢城

铁水映红齐鲁史；
钢城布满古今虹。

题环卫工人

戴月早朝，马路文章逐日写；
倾心老道，尘埃魔鬼准时扫。

题钟楼

声韵惊天，星隐日出人不醒；
尘埃落地，名埋利没事还来。

题陕西汉淮阴侯墓

拜将登堂定汉基，何论前生后死；
点兵答话显虎胆，莫言始辱末哀。

题西安老孙家饭庄

全国列百强,赞颂老孙家,烹饪史中光灿灿;
天下第一碗,欢迎西部客,丝绸路上热腾腾。

《中国对联作品集》(2009年卷)

浣溪沙

博客粉丝颂小楼,晨昏日月彩云流,丰年电脑画屏收。
中外游人来作客,农家笑话译音羞,汉英字典解忧愁。

2009年"新风杯"全国度词新词大赛

千门二对庆新春,千家祝酒;
两岸三通辞旧岁,两地拜年。

虎啸林中,生态和谐春美满;
牛归栏下,科学发展奶香甜。

燕语迎春,万里晴光朝旭日;

东风送暖,千山夜雪化溪流。

2010 年庚寅年"金象杯"全国春联大奖赛

解剑台

解剑七星珍一举;

报恩二字重千斤。

2010 年鄂州江滩三国旅游风光带楼台亭阁征联

快车追远海天近;

大路拓宽山岳低。

2010 年朝阳市"交通杯"海内外楹联创作大赛

扶玉树

地震山崩玉树摇,枝残叶落百花凋。
妖魔倾倒夺生命,恶鬼即时毁鸟巢。
发令三军八路救,舞文五彩万毫描。
疗伤起死观颜色,盼望梢头放绿苞。

2010年辽宁朝阳市"情系玉树 抗震救灾"紧急征集

晚育晚婚,春花全灿烂;
弄璋弄瓦,秋果满香甜。

国策洒金辉,宣传锦上添花,晚育晚婚家美满;
琴弦弹玉韵,服务雪中送炭,优生优教子聪明。

拙举少行,罚款降霜秋意凉,哀于马后;
妙招多用,奖金化雨春风暖,乐在卒前。

人口问题,独生子女是答案;

家庭富策,晚育婚姻为药方。

2010 平陆县"人口杯"全国有奖征联征诗

十足虎气壮春色;

百倍人心和政声。

科学辞旧,不使牛脾气;

发展迎新,须生虎胆识。

2010 年绥德春联大赛

泼墨迎春,绘幅金虎画;

挥毫度岁,写首竹枝词。

牛岁喜牛,牛刀入库;

虎年爱虎,虎气生风。

2010 年"虎年爱虎 留住老虎"春联有奖征集

春色无边,万里无声开画境;

歌声有韵,眼中有景弄琴弦。

2010 年涟源市"自强杯"诗联大赛

卢森堡馆

美向天堂,诸门通堡行方便;

小归经典,绿树涌城化自然。

2010 年上海世博会馆征联

金穗卡,牡丹卡,花艳粮丰香万里;

月活期,年定期,船高水涨泛三江。

存款万民,贷款千家,百业晋级龙破壁;
加息视市,贴息扶企,一厘增值凤还巢。

几沓现金青杏子;
一张磁卡玉蝴蝶。

2010 年入选《金融百业——"金融杯"全国楹联大赛
作品集》

奉献为民,春风化雨人心暖;
廉洁从政,秋水沉渣见底清。

入党誓言,耳畔常鸣,大道阳光心底亮;
贪财教训,眼中永现,寒窗镣铐胆边虚。

出水白莲,拔地绿竹,洁似党员先进性;
扬尘骏马,飞天鸿雁,行如干部带头人。

2010 年"中天杯"第三届廉政诗词联大赛

三城创建政通春,续千年史册万言对;
五岭攀登文化市,授一块牌匾百业联。

2010 年庆祝郴州市楹联学会成立 20 周年暨
纪念郴州荣膺"中国楹联文化城市"1 周年

春 联

喜字抬头,福字贴门,如意千家期二字;
虎年呈瑞,兔年余庆,闹春百事系一年。

时政春联

玉兔舞迎春,世博飞花,亚运升旗,灿烂人文添锦上;
黄河波激浪,泰山卧虎,长江发电,辉煌业绩唱歌中。

生肖春联

兔举金牌,迈开舞步上春晚;
虎归岗位,抖起威风护玉山。

陶醉春光,欣将兔迹绘成画;
歌吟时序,乐把虎威酿作诗。

党政机关联

紫燕报春,坚持特色和谐论;
黄莺鸣柳,倡导科学发展观。

人大机关联

代表人民,花落花开收眼底;
监督政府,雨疏雨细记心中。

2010 年全国"春联吐故纳新"第 7 期工程佳联选粹

翻开日历千山虎；

敲响钟声万里春。

春风报道虎签字；

旺火通知人拜年。

哪年龙下海？

今日虎登山。

解说旧岁牛题目；

祝贺新春虎品牌。

2010年"虎虎生威"春联大赛

科学迎春,兔珍环境,特护窝边草；

和谐渡岁,人爱自然,欣栽岭上花。

2010年"高陵杯"全国春联大赛

因古开园，知久生辉，首道哪朝哪代？
以稀为贵，唯名是问，先观何艺何家！

保定澎园文博中心征联

鉴宝通灵三万里；
越时开眼五千年。

上联：一衣带水，鉴真六渡到扶桑，终成律祖；
下联：七佛连心，正果一收归震旦，始入法门。

2010年纪念鉴真大师征联

想几代英豪，马列开篇，锤镰开道，万骏奔腾高速路；
庆九旬华诞，和谐局面，发展势头，千行涌动立交桥。

万里长征，不忘领头雁；

九旬庆贺，常思带路人。

2010 年太原市楹联家协会纪念中国共产党诞辰
90 周年征联

文化大观，虎跃龙腾，登上二台幸运商标榜；

自然奇趣，马奔牛走，推开百姓生辰本命年。

2010 年山西本命年文化创意有限公司"吉祥杯"海内外
征联暨万人书写本命年

产品创优，税务领先，诚信第一天下闻；

尚文以大，崇文则厚，和谐不二义中行。

2010 年东营市"大海杯"全国征集楹联

朱 熹

尤溪设帐治学图，独领风骚百代读。

竹海茫茫藏鹿洞，柑林郁郁映鹅湖。

天光云影周程理，活水方塘孔孟书。

洙泗寻芳谁论道,圣人点化喜丹朱。

2010年尤溪县朱熹杯海内外诗词征集

嘉兴端午感怀

端午南湖倍感宽,龙舟竞渡赖红船。

遍插艾叶如逼腐,普洒雄黄似药贪。

屈叟爱国人正本,公民护法世思源。

五芳粽子色丝线,灿烂中华百代拴。

2010年入选《诗词新咏》一书

安泽赋

特殊地理,安泽得天独厚。太行山南明珠,太岳东麓碧玉;右盼之大槐树,南瞻之尧都区。资地脉拥根祖,蒸紫气萦帝土。

优势自然,安泽独占鳌头。群山列队,诸水联网;带飘环绕,剑拔弩张。二十三条溪流,五十九座峰岭;峰回沐桃园雨,水转见柳溪情。主峰独秀,干流长远;绝顶高一千四,沁河长二百三。郁郁葱葱,重重叠叠;森林之覆盖率,百分之六十七;潺潺湲湲,浩浩荡荡;水利之资源富,省人均九倍半。迂回过桥进山洼,曲径通幽问人家。油松群落,刺槐篇章;绿色氧吧,繁花展馆;铺天盖地风涛,涌绿泛红春光。大气富氧离子,生态达国家级;国家管理认证,全国过关唯一;优质天三百五,云霞色染朝夕。千叠流丹千幅画,万层凝翠万行诗。

回眸历史,安泽熠熠闪光。史绵绵五千年,民芸芸百代先。三番之属韩赵魏,几回辖雍晋冀;始于夏商,曾名岳阳;直到北魏,定名安泽。先哲圣地,荀卿故里;水钟灵得《劝学》,山毓秀有《荀子》。红色太行,百战将士;金戈铁马声在,丹心红旗义昂;陵园碑记见证,遗址文物闪光。千年古县源流长,当之无愧登金榜。

纵观经济,安泽五颜六色。生态经济画展,多元音符乐章。青山碧水绿色,煤焦油气黑颜;荀子故里古风,太行老区红乡。白马山下,段峪河畔;东西向内倾斜,宽窄各自舒展。舞黄金带,玉米浪百公里;作连翘题,全国四占一。牧草连云,竟盖地百万亩;果树参天,绘压枝四季图。钙果饮品,软硬包装;产品加工上等,绿色认证出仓。豆类谷子,苦荞花生;核桃山楂,茯苓党参;遍地长摇钱树,满沟藏聚宝盆。坑口电厂,煤焦电气;煤合成气,甲醇甲醚;工业园调结构,环保题倡循环。绿色经济上路,土特产品出山;文章锦绣和谐篇,科学发展总领先。

大话旅游,安泽更上层楼。原生态山水游,翻过岭人不愁。人言鸟语共和谐,山前坡后牧黄牛;春日骄阳添暖气,秋风皓月送清幽。看筒形罐,赏折肩壶;古迹彪炳说青史,龙山文化先鼎足。观汉代墓,逛唐尧城;拜通玄观,读翰林文;郎寨塔影倒映静,摩崖石像传神真。红色旅游最钟情,太岳精神放大鹏。仰太岳行署处,拭新华印刷机;刘邓朱德路居,烈士陵园碑石;百倍激情,十分励志;汲取营养,高举红旗。鸡鸣犬吠农家游,稚童老翁人情厚。泡大叶茶,斟和川酒;岳制火腿珍馐,酸菜调插圪豆;满院笑声争曙色,几树桃花涌暖流。过河步阶到云中,荀子园里胜学宫;荀子塑像,威镇鬼神;一篇《天论》,百代雨风;众膜拜慰今生,勤敬仰励后人。游人登顶频挥手,乐者顺风竞放歌:特色安泽,魅力安泽! 雄哉安泽,妙哉安泽!

2010 年《安泽赋》全国征文

岁月催人老;
子孙行孝先。

感恩不尽报深恩，用心书孝道；
尊顺有头臻大顺，竭力染夕阳。

2010年"孝亲敬老杯"征联荟萃

大爱闪光，万众齐心扶玉树；
群情发力，九州联手固金瓯。

地下无情，一瞬降灾，川裂山崩摇玉树；
世间有爱，八方援手，机镶人嵌固金枝。

2010年"中华楹联论坛"紧急征诗词联

望郁郁椰林，滚滚波涛，沧海桑田民写史；
听青年猎手，神仙少女，爱情故事鹿回头。

2010年三亚鹿回头景点征联

趣味联

开心顺气；
生气伤心。

百元假币；
一本正经。

移动万人动；
联通千里通。

日新翻挂历；
月异发工资。

歌手和声声从调；
画家好色色靠调。

发票不是理发据；

债券亦非偿债条。

刑场地杀人，各行其是；

元宵节放火，无可厚非。

作样装模，假象；

扬眉吐气，真牛。

入选《中国楹联年鉴》

高弹人口金曲

家有梧桐落凤凰，晚婚晚育夜来香。

生男生女连心锁，弄瓦弄璋向太阳。

依法青年春浪漫，守规伉俪爱绵长。

小康路上弹金曲，月下并肩共吐芳。

2010年平陆县"人口杯"全国有奖征联征诗

孝奉双亲,义达三江,男儿老虎共知恩,千古文明
源孝义;
天生五矿,人栽万树,煤炭桃仁同溢彩,满山财富
谢天人。

百里原煤,万亩核桃,堆金积玉,流油发热,特色吕梁
通富路;
满山仁义,遍乡忠孝,拟虎比人,焕彩出新,和谐汾水
闪金光。

山右吕梁,树木经天,蕴玉藏金煤铝铁;
中国孝义,道德纬地,说人论虎信诚仁。

九州风水地,三晋第一县。铝煤铁满山,核桃柿遍坡,立
体经营开画本,机声鸟语绿丛中:硬乌金滚滚,软黄金灿
灿,发光发热,流蜜流油,物质文明通四海;
千古道德乡,全国列百强,守墓报恩虎,割股奉亲子,铭
心故事点鼠标,鼓乐民俗宽网里:挑椅舞悠悠,皮影舞翩
翩,歌仁歌义,赞忠赞孝,精神力量汇八荣。

2010年中国·孝义海内外征联大赛

三农开境界,广场敞怀于古镇;
百姓讲休闲,公园落户到农村。

纸折扇轻摇,机器割秧一二天,丰收稻谷金光灿;
银针茶细品,洞庭激浪八千里,满载渔船汽笛鸣。

2010年岳阳市建设社会主义新农村"同心杯"征联大赛

杏林荡起科研风,患者颜红,大夫衣白,满院飘来
香气息;
橘井涌流医改水,良方药苦,天使语和,百床溢出
活生机。

医院梨花,白衣天使,辉映杏林春色秀;
人民橘井,红血源泉,液滋桃子面容新。

绿色医疗,十字永悬彰技艺;
白衣天使,一尘不染献精神。

2011 年原平市第一人民医院"天使杯"全国楹联大赛

设馆山中,联馆十分求作对;
藏山馆里,书山百座任攀登。

对仗句生光,更俱风姿,顶天立地依山势;
云蒙山焕彩,又臻化境,嘎玉敲金荡句魂。

2011 年中国楹联图书馆开馆暨楹联文化名山命名贺联

愚昧结绳,七股八叉行远古;
文明造字,三皇五帝到如今。

大众好书,独创者一;
圣人晓字,自造哉千。

2011 年陕西洛南"仓颉杯"全国征联

傍水玉峰,立寺挽霞,仙境约来天外客;
朝阳晓日,撩云拨雾,金光洒向佛空门。

2011 年湖南新田玉峰寺山门楹联全国征集

大凌河

一方养育母亲河,弹奏朝阳世代歌。
鹅卵石标音节点,银沙滩现韵声波。
九湾水映金光稻,两岸风吹玉色荷。
斩断源头魔鬼影,浪花朵朵上高坡。

2011 年"保护辽西母亲河——大凌河"为主题海内外
诗词联赛

忆杨时

不老龟山竹有神,晨风吹过话君魂。
程门立雪名千古,宋帝听言免八闽。
将乐祥云争献瑞,金溪富水正驱贫。

毛边纸绘龙图阁,古洞玉华同涌春。

2011 年入选《龟山诗联集》

题京西稻

帝王栽植畅春园,御米清香出此源。
品种当家名越富,主人浇水话丰田。
三农今日恒温育,二季明朝化境观。
灿灿秋光金色艳,机收马达伴鸣蝉。

2011 年"京西稻杯"诗赋词曲联大奖赛

七　绝

革命精神播种春,长征路上散氤氲。
红军走过紫云县,荡起清风屡拂尘。

2011 年紫云"廉政杯"诗文大赛

建材杯里千杯酒;
鸿盛业中百业春。

2012 年"鸿盛建材杯"暨广水市第八届春联大赛

家具迎春,登堂明月十分雅;

龙年上品,入室名牌百倍新。

2012年"世纪明月 盛世迎春"海内外征联

义马集团

昂首金龙,龙舞九霄腾百业;

当先义马,马行千里出三门。

渡岁乘龙,饱赏九龙洞;

游春持卡,尽显一卡通。

别样迎春,区切大刀面;

非常过节,家蒸石子馍。

2012年"中天杯"全国春联大奖赛

龙门村跃龙门,门门鱼跃;

春节竹迎春节,节节鸟鸣。

放眼桥飞新上海；

迎春龙跃老西门。

2012年黄浦区第7届老西门春联大赛

山 门

进入空门,七佛春云,荡荡悠悠开慧眼；

前来禅国,一山法雨,洋洋洒洒净尘心。

关公宝殿

殿立九州,人祭千年,封侯王神帝圣,德盖权操瑜备亮；

局成三国,心存一汉,赞义胆勇忠仁,琴弹徵羽角宫商。

天王殿

天王老子第一,佛光万道；

圣殿法门不二,信史千年。

大雄宝殿

法雨无边,世上瞻云知法相;
慈航有路,心中问佛渡迷津。

地藏殿

地理荆州,三国驰名思净土;
藏经宝塔,一堤举佛读金刚。

禅 堂

入座参禅,心中明月先升起;
随机悟道,眼底青莲自绽开。

斋 堂

僧人有数少凡者;
话语无奇多善哉!

观音殿

救苦必回头,回头自古摘星近;
脱难须转念,转念从来望月圆。

2012年荆州章华寺征联及第一批刻匾用联

校庆主会场

已逾百年,树木树人,大同帝国传薪火;
继行万里,重才重德,中学奇葩数蕙兰。

校长力耕嵌名联

教学机车加马力;
师生田地学牛耕。

2012年湖南新邵县第二中学建校110周年征联

龙跃长空,嫦娥伴吴刚舞;
莺啼大地,文化为春色歌。

出句：雕龙绣虎，文化重鸣新号角；
对句：急草狂书，春联又舞大羊毫。

2012 年营口市楹联学会《芦荻文学》"龙年春联"

畜 牧

牛肥马壮迎春意；
猪笑羊欢报富音。

题牧草站

天涯此处寻芳草；
春韵这边听笛声。

2012 年运城市楹联学会"春联荟萃"

对句：千卷千家千读者；
出句：一山一馆一英雄。（辽宁 孙超）

2012 年首届"中国（云蒙山）楹联文化论坛"征联

送炭雪中三晋暖；
添花锦上九龙欢。

百业龙起章,字顺文从呈警句；
一元开画境,花红柳绿绘新春。

2012年"山西楹联家龙年春联选"

百代王朝,一村宰相,秦唐宫殿望裴柏；
全族家训,万卷诗书,龙凤川垣凝彩霞。

2012年"河东杯"第二届中国对联巅峰对决邀请赛
第五期比赛读者入围作品

致广水地税人

鼠标点击万枝梅,熠熠荧屏映税徽。
融雪三春催杏柳,留香百业效兰芝。
征收依法全方位,服务亲民零距离。

票据张张刷卡付,花开月季尽芳菲。

2012年广东广水市"地税杯"诗联大赛

[正宫·双鸳鸯]钱色交易

红唇隆,短裙风,吹晕贪官二进宫。多少金钱圆噩梦,果如蛾扑火炉中。

[中吕·快活三]自行车

骑车上下班,善转脑筋弯。回家路上屡通关,宝马奔驰慢!

2012年入选《山西古今散曲选》

子因慈母人生始;
母以孝子世路终。

2012年廊坊"寸草心杯"征联

鼓楼联

一鼓惊心云落地；
三击动魄耳听天。

2012年郴州龙女寺征联

神舟九号吻天宫，揭秘天宫生活；
战士三人离故国，敞开故国情怀。

神舟九号飞天，汾水望银河，航员有二归三晋。
华夏三江激浪，珠峰托广众，慧眼汇一射九霄。

2012年山西楹联艺术网为三名航天员加油

有限人生功永动；
无声展馆水长流。

2012年蒲城县"仪址杯"征联

保护农田，口号声声，平民失地。
开发房产，楼盘座座，大款欺天。

2012 年运城"国土杯"有奖征联

牢记安全二字；
珍惜生命十分。

2012 年阳泉市"生命·安全"全国楹联大赛

四立三高，为国读书龙破壁；
一生五福，与民创业凤还巢。

四立三高，登山世路教铺石；
一生五福，长树松坡学奠基。

七十周年,赧水波中,婆娑日影龙回首;
千万弟子,虎形山下,葱郁松坡鸟唱歌。

2012 年湖南隆回一中 70 周年校庆征联

久慕太阳城,四合院中言冀梦;
早知苏味道,一条街上诵唐诗。

2012 年"卓达杯"联赛

五台山

佛国圣境五台山,四季清凉日月贤。
法雨养泉凿顶地,慈云打伞布高天。
催眠暮鼓无非梦,惊醒晨钟还是禅。
白塔铜铃风撞响,游人摄影更觉玄。

2012 年入选《诗咏五台山》一书

西域两番,千山万水留双影。

中原一使,八难七灾历十年。

2012 年"张骞杯"征联

头上国徽昭日月；

人间法律正乾坤。

依规足下千程路；

学法心中一盏灯。

徇私使暗私无路；

执法透明法有声。

2012 年河东楹联网"一二·四"法制宣传日主题楹联选

生肖十二联

子 鼠

爱米尾声曲；
计春首席官。

丑 牛

吃草长流奶；
拉犁早播春。

寅 虎

贺岁中堂画；
巡山大地春。

卯 兔

百草窝边茂；
三春窟外欢。

辰 龙

吟春华夏曲；
下海水晶宫。

巳 蛇

知春游出洞；
得体草来书。

午 马

棋布连环局；
春扬得意蹄。

未 羊

草鲜春历历；
体壮暖羊羊。

申　猴

献艺马羊背；
闹春花果山。

酉　鸡

三唱报春晓；
一闻起舞风。

戌　狗

摇尾全身丑；
效忠满院春。

亥　猪

度日圆春梦；
献身壮宴名。

《中国对联年鉴》（2010-2012）

莫愁湖赏海棠

美妙动中求,朦胧烟雨稠。

花红深变淡,湖静碧趋柔。

魂魄三分露,风情万种流。

聚焦于一点,水滴坠时羞。

廉 官

乐饮下乡茶,农家吃地瓜。

访贫常去送,问富不思抓。

有节胸怀竹,无私手弃耙。

回城文件袋,装满雨虹霞。

2012年首届华夏诗词论坛选

永遇乐·吟"二安"

婉约情深,一家别是,人世才女。雁字回时,西楼月满,千古人在语。秋千荡罢,晚来风急,南渡半生愁绪。国同家、销魂梦里,俗言活驰词誉。 英雄豪放,扫空千古,三间离骚曾慕。爱上层楼,长安北望,芳草无归路。神州沉陆,几曾回首,慷慨悲歌欲举。住无余,还吟婉转,两边驾驭。

吟"二安"

名泉七二映明星,千古词人济水生。

三闾离骚心底放,一家婉约笔中耕。

白描手法吹风暖,彩绘毫端化境宏。

徒有英才家国想,可怜南宋不增兵。

2012 年入选《二安遗韵·全国诗词家新作集》

《兰亭序》问世 1600 周年抒怀

曲水流觞何以望,兰亭名字溢芬芳!

快然自足谁知老,嗟悼诗佳众觉狂。

时异时迁时急促,世殊世盛世辉煌。

征文大赛邀骚客,妙句逐波又一章。

赤子寄情,妙诗参赛毫端出;

兰亭读序,曲水流觞心底来。

2012 年入选《中国·兰亭诗书画大典》

报刊发表作品

以 视 听 区 分 诗 联 不 科 学

——兼与陈树德先生商榷

读《中国楹联报》总第 624 期"对联发展论坛"栏题下发表的江苏陈树德《对联的对称艺术——兼论声律的本质》一文,获益匪浅。但是对文中的某些提法,不敢苟同,愿与之商榷。

文中提出:"诗是听觉艺术","联是视觉艺术"。对此,笔者有些不以为然。

我们通常对艺术的分类是按照作品的表现手段和方法的不同来分的。一般分为表演艺术、造型艺术、语言艺术、综合艺术。有的还分为时间艺术、空间艺术。如果艺术按视听分类,亦无不可。但以视听区别诗联的艺术特征, 却难解难分。人对任何事物的感知总是先通过视听二感官来接收的。诗、联要进入人的大脑,使之被分析、理解,都需要通过视听二生理器官来完成,绝对地归纳为某一方面的作用都是不科学的。

无论是诗,还是联,它们与任何文字艺术一样是以文字为载体,语言为管道,思考为终端而存在。文字是看的,语言是听的。诗、联既可以看又可以听。用有形文字写出来即可以视,用语言吟读出来即可听。如果按照所谓的"听觉艺术"、"视觉艺术"来分,诗、联既是"听觉艺术",又是"视觉艺术"。所以,将诗、联按照视听分类,有混淆视听之嫌!尤其是将联归入"视"之列,完全否认了文字给人们念、读、讽、诵的本质特征和意义。汉字字音的三要素:声、韵、调,在诗中突出韵,在联中注重声。不管是吟诗,还是诵联,都要人的听觉来接收。所以把对联归纳为视觉艺术,理由是不充分的。将诗、联二者按视听区分之,是分不开的。在此,本文试以正视听。

诚然,陈文中将对联定义为视觉艺术是因为联中有相对关系的要件。正如所言:"诗的重点在吟,联的重点在对;有韵就是诗,有对即成联;诗的灵魂是韵,联的精髓是对。这就是诗和联的根本区别。"不错,联的精髓是对。但对联中的对,并不是形态、形象上的相对,而是概念和意义上的相对。读一副对联要用眼睛识别文字,用头脑思考意义,并通过反复诵读来进行欣赏、领略、玩味其"对"的艺术美,不是单靠眼睛的视网膜作用所能完成的。

另外,陈文正题为"对联的对称艺术"。在文中特别指出:"对联中声调也要对称,因为汉字分平仄,为了声调的和谐,要求上下联平仄相对。……这种相反的对称也属镜像对称。"此论也难以成立。"平"和"仄"是相对关系,没有相称关系。顾名思义,称,应解释为适合、相符。比如上下联中字数相等、词性相同,属二者相符,存在相称关系,可以视为对称。平和仄实际上是一种对立关系,二者为不同的声调,属背道而驰、南辕北辙的相反层面,只是相对关系,没有相称关系,不能视为对称。对称和对立,从各自的侧面反映了对联"对"的根本特征和"对"的多样性。对称是对,对立更是对。对称本身即和谐,是一种静态的和谐、固有的和谐;对立也可以产生和谐,平仄所呈现的抑扬顿挫,就是一种更高层面的和谐。音乐中音符长短、高低的对立和不同,更是创造和谐,升华和谐的基本特征。它是一种动态的和谐、互补的和谐。哲学包罗万象,对立统一规律可以解读一切事物。对联中声调的对立,统一于和谐美,所以对联中平仄的对立是有深刻哲学内涵的。对立完全不同于对称,但各自形成的艺术美却有异曲同工之妙!

总之,平和仄相对不相称。既如是,讨论单一对称和镜像对称也就失去了前提。

2005 年 6 月 24 日《中国楹联报》第 3 版

征联活动应规范

盛世征联,胜事撰联由来已久,是一种历史文化现象。在社会主义现代化建设中,征联是精神文明建设的组成部分,是精神文明建设乐章中的一个别样音符——集中、简洁、优雅、激昂!凡是征联的地区、单位、产业、企业、景点,应将征联当作理念凝聚、空间拓展、文化建设、品牌刷新、产品推介的有效行为;对全社会又是文化教育、文学熏陶、人文修养的有益滋补。它有足够的文化品位、重要的人文价值、一定的广告效应。

征联活动是一个系统工程,是一场对楹联艺术的大检阅。简而言之,征联可由组织、启事、评审、公布、总结、发奖六部分组成。一个完整的、有效的、认真的征联活动,必须具备这样六个环节,否则就会使征联意义大减,公正失色。严格按照六程序进行,才能使征联这一文化活动有始有终、善始善终,充分体现其文化价值、社会价值、学术价值。

具体对征联过程规范要求,大体可归纳为以下几点:

一、组织要求。征联应有主办单位、承办单位或附加协办单位。组建组委会,可设顾问、主任、副主任、委员、办公室主任等。发布启事要说明征联意义、介绍情况以及相关事宜。组建评委会,并设主任、副主任、委员,办公室主任。

二、评审要求。一定要严格实行编号匿名评审。坚持初评、复评、终评,三评三审的制度。

三、总结要求。对评审结果要公开公布姓名、奖级、联作,缺一不可。要具体到对各获奖联的总结和点评。要举行发奖仪式,要求获奖作者到会亲自领奖。

征联的各个环节要有必要的限制和界定。一是征联的主办、承办、协办的单位,必须有市、县、区以上楹联学会或协会参与,特别是海内外大征联,最好有省和国家级楹联组织参加。二是评委会组成人员,必须是楹联界专家。初评是个常被忽视的环节,初评者应是独具慧眼者,要杜绝初评扼杀佳作的现象。三是严格执行匿名评审制度。坚持认联不认人的评审标准。四是全面总结征联工作。尤其要点评获奖联,在报刊上公开发表,保证社会的有效监督。

总之,规范征联、评联,是保证征联活动健康发展,繁荣楹联事业,积极推进精神文明建设至关重要的问题,也是关乎各级征联单位的形象问题。万万不可暗箱操作,降低标准,简化程序,草率从事。不规范征联活动将会失去征联之意义,甚至适得其反,造成贬低征联单位形象的负面效应。

2005 年 12 月 2 日《中国楹联报》3 版

开放先驱,乘风破浪,行远亚欧非,创世界之首;
和平使者,过海漂洋,功高齐日月,领人类最先。

郑重行,铜铁金银过海,长民族志气;
和平渡,丝锦绸缎漂洋,壮禹甸雄风。

炯炯目光,亚非日月眼中转;
泱泱襟抱,洋海波涛胸内翻。

2005 年《对联》第 8 期纪念郑和下西洋 600 周年

乘千世旋风,谈今论古谋良法,振奋八卦地;
领万民歌唱,撰对吟诗贺盛年,扶摇九重天。

2005 年贺陕西扶风诗词楹联学会成立

年头春晚,车轮飞奔,东西南北追风去;
岁尾冬装,联会诞生,书画诗词贺信来。

2005 年贺吉林省楹联协会成立

长 城

绵绵万里,昂首长龙横北国,跨深沟,越峻岭,穿雪原,过沙漠,雄姿跃动九州摇。迎日月,渡寒暑,经雨霜,送晨昏,腾云驾雾冲霄汉。尤嘉峪望雪,山海观潮,娘子听瀑,居庸赏翠,处处险关多胜景。真可谓中华脊梁,禹甸风流,人间极品,地球奇迹;

悠悠千年,扬眉巨子护南壤,追后汉,溯先秦,寻大明,问盛世,高壁造修三代垒。立楼亭,搭梯桥,建台隘,设屏障,卧虎藏蛟御外戎。更蒙恬逐狄,昭君出塞,继光筑堡,姜女哭夫,桩桩故事有激情。方突显进步文化,民族志气,智慧力量,勇武精神。

2006 年《对联》(下)第 2 期

擂台应对

出句:魂断汨罗,原因痛楚;
对句:箭失即墨,管理兴齐。

2006 年《对联》(下)第 3 期

擂台应对

出句:对交西北东南友;
对句:联系秋冬春夏情。

2006 年《对联》(下)第 6 期

擂台应对

出句:八荣八耻,风操自塑名香臭;

对句:一劣一优,人品他评誉贬褒。

2006 年《对联》(下)第 7 期

接函授通知书

邮使驱车去,通知入目时。

春风吹细柳,俊鸟唱新枝。

世界真精彩,人间要好诗。

何时龙起舞,特拜点睛师。

2006 年《中华诗词学会通讯》

擂台应对

出句:红叶题诗成伴侣;

对句:兰花吐气荡芬芳。

2006 年《对联》(下)第 8 期

擂台应对

　　出句：药价高，油价高，房价高，居高不下；
　　对句：劳工苦，徒工苦，童工苦，有苦难言。

看图配联

怒江溜索

　　索影不妨一水去；
　　江涛岂让两岸隔。

2006 年《对联》（下）第 9 期

联说天下事

　　连战访亲，情如流水三江喜；
　　楚瑜拜祖，心似高山五岳尊。

2006 年《中国楹联报》第 35 期

擂台应对

对句:婆媳谈心也简单,该忍点便忍点;

出句:亲朋开口不容易,能帮些就帮些。

2006 年《对联》(下)第 11 期

四季联苑

岁岁平安,玉犬换班去;

年年兴旺,瑞猪继任来。

2006 年《对联》(下)第 12 期

一家同贺岁;

两岸共开心。

两岸黄莺梳绿柳;

九州紫燕剪红桃。

举世迎春,处事公平,高举社会和谐曲;

普天贺岁,为人诚信,大树科学荣辱观。

2006 年《中国楹联报》总第 716—717 期

擂台应对

出句:朔风吹落漫天雪;

对句:原野开出遍地花。

出句:治病莫寻神汉;

对句:开心须读好书。

2007 年《对联》(下)第 1 期

擂台应对

出句:秋风扫落叶;

对句:夜月洒银辉。

出句：拉萨珠峰《西圣地》；
对句：天津新港《东方红》。

机巧联

上任新岗位；
谈情老地方。

儿子打台球，滚圆圆滚；
父亲玩电脑，击点点击。

对联短信

短信表真情，发出字字开心锁；
长思凝挚爱，想到时时并蒂莲。

田园联趣

农技站

育果孕花,特绘春风秋雨画;
聚才邀友,专读生物化学书。

满　月

优育优生,一家添口百家乐;
富村富户,满月庆人千月圆。

新　婚

电视、电脑、电炉,一对夫妻带电;
农业、农民、农户,四时风雨兴农。

新　居

绿水旁,高楼大厦谁为业主;

春光里,革履西装我是农民。

2007 年《对联》(下)第 2 期

擂台应对

出句:黄山松迎千里之外客;
对句:巴蜀道练九州其中人。

出句:一联在手,联天联地联天下联友;
对句:二对于心,对擂对笔对擂中对家。

机巧联

鸟羽;
兽毛。

发展大中小;
和谐天地人。

擂台应对

出句：一宫两院藏珍宝；
对句：两岸一家祭祖宗。

对句：税免粮贴粮免税；
出句：林还耕退耕还林。

对句：但观好景人都醉；
出句：得见奇书我最贪。

四季联苑

家政公司

专干家务事；
特暖主人心。

钟表店

钟表时分秒；
天空日月星。

2007 年《对联》(下)第 4 期

擂台应对

出句：思训诲，深情款款常牵念；
对句：仰德行，厚意绵绵总挂怀。

四季联苑

咏 茶

清香直教人间醉；
本色赢来天下痴。

清茶随我行千里；
香气醉人渡一生。

壶里生烟,清气精神爽;

杯中出味,淡香意趣长。

2007 年《对联》(下)第 6 期

擂台应对

出句:珍贵人生,何必蝇营狗苟;

对句:诡谲股市,难料牛忸熊雄。

出句:动感 2007,郝帅好帅;

对句:激情 1998,澳门傲门。

对句:切肉机切肉鸡,动情酒宴;

出句:喷雾器喷雾气,写意田园。

2007 年《对联》(下)第 7 期

四季联苑

传　真

千言万语几张纸；
数号一拨三秒钟。

日　历

要问春秋须数页；
不悬日月却经年。

对联短信

求　爱

羞于伊面说情语；
乐用手机呼睡莲。

三言两语多情种；
万水千山一线牵。

初　恋

彩铃嘀嘀,爱不关机铃总闹;
短信嘟嘟,情能放电信常出。

手足僵直,缘分一朝由己定;
言辞含蓄,模棱两可任君猜。

初恋晴空,白云红日蓝天远;
重逢宝地,急雨狂风闪电明。

三日疯狂,两日痴呆,情即深爱;
四分羞涩,六分勇敢,爱乃知情。

看图配联

花　鸟

数枝花,画中画外;
几只鸟,音后音前。

2007年《对联》(下)第7期

联语百花

珍惜生命远风雨；

丰富才学发热光。

2007 年《中国楹联报》第 33 期

题鄂尔多斯

一方宝地，三面黄河一面城，一代天骄圆美梦；

八面威风，十方牧草八方矿，八骑骏马跃新途。

2007 年《中国楹联报》第 34 期

擂台应对

对句：图文连篇，漫步书中马路；

出句：科企牵手，联姻网上鹊桥。

四季联苑

题傅山

三晋名人,一代高贤,齐天心迹慰先祖;
五经泰斗,百年师表,传世文章启后人。

2007 年《对联》(下)第 8 期

联语百花

题对联

如花并蒂双关语;
似果连枝对偶辞。

2007 年《中国楹联报》第 36 期

庆祝第 23 个教师节专题征联

杏坛前,培桃育李园丁影;
烛火下,流泪发光慈母心。

2007 年《中国楹联报》第 37 期

-140-

看图配联

无题（徐悲鸿）

牵牛近觅山中草；
放眼远观地上天。

无题（刘文西）

勤学板凳不觉窄；
励志知识自会宽。

对联短信

热 恋

遇凉添柴，爱火越烧越旺；
趁热打铁，痴心愈炼愈坚。

四季联苑

水火无情,怎敢自投罗网;

钱财有道,岂能误入歧途。

高级擂台

出句:可以清心也;

对句:自知爽意哉。

2007 年《对联》(下)第 9 期

庆祝中国共产党十七大召开

赤胆献忠心,焕彩发光织锦绣;

金秋迎盛会,赋诗集句吐芬芳。

2007 年《中国楹联报》第 42 期

高级擂台

出句:樟树临江,鱼跃枝头江戏浪;

对句:稷山侯马,蹄敲石板马鸣声。

2007年《对联》(下)第10期

巧联趣对

厨中白菜非佳味;

网上粉丝有美文。

金银钱币值常贬;

富贵图书价永增。

华夏诗钟

题【居·署】二唱

民居府第如池静;

官署门墙似海深。

对联短信

初 恋

好感萦怀,心花怒放;

甜言出口,脸色通红。(网名:布谷声声)

2007年《对联》(下)第10期选登

擂台应对

对句:孝子未来,徒望一轮月;

出句:邪心不改,枉烧几炷香。

出句:又到春秋,夜举玉杯邀玉兔;

对句:重回庭院,手持黄卷赏黄花。

2007年《对联》(下)第11期

奥运联赛

奥运精神传大地；
福娃风采映蓝天。

四季联苑

贺中秋

远客思亲独望月；
中秋望月倍思亲。

心静酒香杯总举；
神清气爽月独尊。

看图配联

预备会议

会议生风，一时整队对联阵；
青春沐雨，千里成行夏令营。

登香山

离开营地出言妙；

登上香山对句精。

苦丁茶

贪官与廉吏

铁窗铜臭贪官泪；

金奖银牌廉政歌。

廉吏明修栈道；

贪官暗度陈仓。

2007 年《对联》(下)第 11 期

联语百花

辞到穷时只有爱；

情出深处竟无言。

事里风云生智雨；

书中日月照心田。

2007 年《中国楹联报》第 52 期

华夏诗钟

【中·秋】三唱

梅开中亚专迎雪；

菊放秋天不畏霜。

奥运联赛

五环相套全球舞；

四海同心整体擎。

2007 年《对联》第 12 期

有感于"四·七"联句之美

何为"四·七"联句？即单比联句有两个分句组成，第一分句四字，第二分句七字。这种结构的联句，姑且称之。

这种结构的联句，在对联多元结构中是常见的，应用几率较高的一种。我涉足对联创作两年来，总感到它在对联多种句型中是最美的形式，最佳的结构。从几个方面探讨一下，虽然有失浅陋，但愿抛砖引玉，求教于方家同仁。

一、连贯性。对联有单句联，多分句联。单句联中五言、七言较多，与诗句的节奏美有关，也是源于诗律的缘故。单句联无连贯可言，多分句联便有了连贯问题，两个分句的联句形成了连贯。"四·七"联句可能就是常见的、基本的、科学的，又有变化的连贯。"四·七"两个分句连贯成一个联句，首先有了延伸之说，较单句有了长度之美。其次，有了长短之论，自然产生了变化美、参差美。

二、层次感。"四·七"联句不仅有了长短之分，还有先后之分，先四后七又生出了顺序感、层次感。顺序即先短后长；层次指由一个单句发展为两个单句。这样联句形式上不再单薄，不再无助，俨然有了厚度美。

三、递进式。两个分句,如果字数相等,四比四或五比五,自有并列、等同的意思。四比七的一短一长、一前一后,显现出了不等性,常会由此及彼、由始至终、由浅入深、由低向高、由短到长形成递进关系。这样给人以视觉、意念上的递进感、深入感,从而引出深度美。

四、结构点。"四·七"联句的总字数是十一字,二分句的分配关系是四比七。这个四比七好像是线性学,优选法中的零点六一八,颇具科学性。二者既不是等分,又不是三比八、五比六或其他。七与十一比,正处在零点六三的位置上与零点六一八相接近,差距较小。这种结构不是谁臆想出来的,仿佛蜂巢正六边形的内角度数。也可能是对联创作中优胜劣汰的客观存在。这种结构,读起来也给人一种有起有落、有弱有强、有短有长、有始有终的完整感。

五、节奏型。五言、七言单句诗与四七联句比,节奏感发生了变化。前者是字、词产生的节奏,后者是句的停顿产生的节奏,是句与句之间的节奏。由此可见,从律诗中脱胎或派生出来的对联,有律诗难以比拟的优势,有其独立文体存在的意义和价值,有其自身独特的艺术美感,早已超越了律诗,完全可以成为独立存在的一种文学样式。读两个长短分句产生的节奏,可能间隙大,停顿明显。四字句仿佛是七字句的引子、跳板之类,读起来自然会先轻后重。四字句有定调的作用,七字句有点睛的效果。

六、应用量。"四·七"联句算是短联。但它在短联中与单句联比则长,具备了既短又长,不短不长的特征,有恰到好处之感。因此,在对联应用中可与七字联决雌雄,应算是实用性较强的。其应用范围、应用数量也应该是较多的联句。

总之,"四·七"联句与单分句短联比所产生的长度美、厚度美、深度美恰到好处。这种适度美,不像多分句长联那样冗长。可以说,在特定意义上它是长联中的标准单位,又是短联中的首席骄子,都来源于它本身的结构。这种结构有一定的优势,有它的特殊性、科学性。尤其是在诵读起来,它所产生的美感是其他结构无法比拟的。那种或抑或扬、或高或低、或慢或快的节奏感、递进感一次性全推出来了。作为对联简而约、小而精的特征,连贯分句不反复出现,不绵延不已。在联作中既为复合性成分,又不失轻骑兵的本色。对表达联作的内容主题以及作者的思想感情都有一种预想不到的积极效果。它既完美又协调,既有变化又有主次,恰到好处。

2008 年《对联》(上)第 12 期

自　遣

背井离乡客,特行独立人。

诗联如战果,金玉似流云。

会友三春色,思亲五夜魂。

生活说笑话,命运送瘟神。

拜　年

春光头号戏,大礼拜新年。

电话轮流打,键盘反复弹。

声声言富贵,句句报平安。

短信吉祥鸟,飞翔瀚海边。

2008 年《对联》(下)第 2 期

诗词园地

偶　感

天明梦里荡悠悠,水浪滔天自泛流。

联是亲人诗是友,花为春色果为秋。

风云广告流光过,冰雪文章化雨收。
羞羡大亨多富有,无边心海驾轻舟。

2008 年《对联》(下)第 4 期

游傅山园

崛围山下水波平,明镜霞光映日晴。
胜地飞车流世态,危门过客会文星。
状元桥上人留步,窑洞堂中史正声。
三晋奇峰今古仰,先生气概壮龙城。

2008 年《对联》(下)第 5 期

汶川震感

地动山摇在汶川,西歪东倒万千间。
中央令后争先救,总理身先帅后援。
将仕八千分秒战,灾民十万死生关。
成城众志情如火,大爱书出抢险篇。

2008 年《中国楹联报》第 21 期

恭祝慈父 88 寿诞

八八福寿胜帛金，五服六亲罩彩云。
一善和风千洗面，二勤澍雨百合心。
施仁虎口三脱险，仗义人生九获新。
高照七星随四季，十分幸运万年春。

快速反应

人民生命首先思，决策中央主誓师。
发令调兵分九路，争分夺秒第一时。
机飞伞跳先来早，路断桥塌后岂迟。
部队兵员徒步到，幸存生者万无失。

人　性

地震临头无限悲，顿时人性闪光辉。
灾难并起从容对，生死交锋镇定陪。
大爱生发青草绿，众心凝聚死神颓。
真情烈火烧千度，敢把人生重挽回。

驱车游

一路驱车向太阳,荷花六月溢清香。

和风吹走烦心事,大脑生出得意章。

环境宜人思有序,心情化景眼发光。

蝴蝶追尾邀同舞,我慢加油戒太狂。

2008 年《华夏诗文》第 5 期(九秋)

火炬手

圆梦零八湖海夸,三山五岭尽开花。

百年圣火燃新意,千载良机灿大华。

时代明星十五月,名人效应万千霞。

突出焦点光形象,奥运传单两手发。

灾区端阳粽子香

年年节日伴时新,今岁端阳表爱心。

迷彩军人搭绿荫,圣洁天使布白云。

负责政府高官近,志愿先生异姓亲。

屈子爱国华夏魄,灾区粽子自芳芬。

2008 年《华夏诗文》第 6 期(九冬)

志愿者微笑

谁知志愿者容颜,微笑花开朵朵甜。
不问花期长与短,逢人总是月儿圆。

自　题

一世诗书一世缘,半支秃笔绘丰年。
龙飞凤舞风云起,平仄春秋梦里眠。

2008 年《难老泉声》第 3 期

观轮椅篮球赛

身残志大亦成军,体育逢春项目新。
一样激情一样梦,百回加速百回神。
驱轮添翼旋风起,转向接球角力拼。
远距投球篮网响,传来笛哨喜得分。

2008 年《中国楹联报》第 39 期

鸟 巢

赤日惊奇地卷云,霞光万丈照晨昏。

一巢崛起中华魄,百鸟竞争奥运魂。

彩凤锦衣涂五色,画眉清韵奏八音。

谁识构造关联点,立异标新自是春。

2008 年《对联》(下)第 10 期

擂台应对

出句:父辈为朋,儿辈联姻,一杯佳酿传佳话;

对句:先交是友,后交结伴,两副巧联颂巧缘。

看图配联

金荷清趣

清趣出心文化韵;

金荷入目自然图。

2008 年《对联》(下)第 1 期

高级擂台

出句：跟随学会都学会；
对句：相伴对联自对联。

出句：宋祖英名扬四海；
对句：唐伯虎气震三秋。

巧联趣对

小灵通假小；
宽带网真宽。

大款大方，千金独有；
小人小气，一毛全无。

苦丁茶

社 区

政府那边遗忘；
社区这里空白。

物业有方,交费逾期涨价;
主人无奈,开灯今日不明。

社区新事物;
管理大文章。

四季联苑

信用金桥通物理;
诚实纽带系人情。

骄奢淫逸金山倒;
艰苦清廉银业兴。

网上观澜

热 恋

一见钟情,流水融合开眼界;

三生有幸,高山仰止荡心旌。

2008 年《对联》(下)第 2 期

苦丁茶

物价依然贵;
民心还是忧。

保护农田一口号;
开发房产百楼群。

村委卖房说富裕;
农民种地讲科学。

看图配联

僧趣

莫听与世无争论；
且看踢球有竞情。

打破佛门禅境界；
踢出尘世趣空间。

乡村岁月

乡村母子一幅画；
记忆情怀百首诗。

2008 年《对联》(下)第 3 期

联语百花

题对联

庆典抒情，五彩缤纷独抢眼；
感怀鸣志，三思闪烁偶传神。

2008 年《中国楹联报》第 16 期

擂台应对

出句:贺新岁,万事遂心。
对句:树艺德,百行得意;

出句:山边燃起一团火;
对句:土上围来两个人。

出句:治贫先治懒,人当立志;
对句:思富早思学,才必拜师。

田园联趣

土 豆

土长土生,三山五岭土中宝;
锅蒸锅炒,万户千家锅里珍。

甘 薯

秧苗入土一瓢水；

薯块出笼百口金。

南 瓜

山地垄边，七尺蔓悬多负重；

农家窗外，百瓜子蕴永流香。

秋 景

红日染秋，辣椒红枣红枫叶；

白云巡地，萝卜白棉白菜心。

山谷声音，鸟唱泉吟，马叫人欢机器响；

田园色彩，天蓝日赤，杏红柳绿菜花黄。

南北青山绿水分，顺势渔船直下；

东西大道白杨护，乘风车马狂奔。

看图配联

滩头年画最后的守护者

电脑流光飞纸上；
手工制版刻心中。

诗钟漫话

【黄·毛】魁斗格

黄龙闹海捞鱼翅；
白虎掠山坠鸟毛。

2008 年《对联》(下)第 4 期

擂台应对

出句:虚心竹笋出芽晚；
对句:优种麦苗吐穗长。

四季联苑

清　明

清风吹绿坟头草；
细雨浇湿路上人。

端　午

划起龙舟诗意近；
沽来国酒爱心深。

中　秋

万里九天一个月；
千秋四海两颗心。

重　阳

莫道登高开眼界；
须知趋老守心田。

巧联趣对

香山红叶；
苦海白帆。

可以获得专利；
不能拥有特权。

大戏台前观大戏；
元宵节里话元宵。

题十二生肖

子鼠　因人忌器投机去；
　　　由目少光依寸来。

丑牛　与马组合形象丑；
　　　听琴弹奏表情无。

寅虎　威压百兽额铭字；
　　　迷惑三军皮作旗。

卯兔　聪明深爱窝边草；
　　　狡诈巧营编外窟。

辰龙　同蛇出彩诗书劲；
　　　偕凤呈祥花月圆。

巳蛇　画工技劣乱添脚；
　　　书者艺高巧舞毫。

午马　万事成功因我到；
　　　千军奔涌让谁先？

未羊　教人补牢未全已；
　　　跪乳知恩成大名。

申猴　但愿山中无老虎；
　　　不知人类有先宗。

酉鸡　仰头南场胜牛尾；
　　　　报晓东方惊鹤姿。

戌狗　灵敏刑警破疑案；
　　　　忠诚卫士护家园。

亥猪　尽管浑身皆宝贝；
　　　　原来先祖是无能。

2008 年《对联》(下)第 5 期

联语百花

奥运春风,南北劲吹迎好运；
盛年旭日,东西普照颂华年。

2008 年《中国楹联报》第 14 期

联语百花

题河南云台山

云里筑台,峰岭贪心思揽月;
峡中舞水,瀑泉任性梦飞虹。

2008 年《中国楹联报》第 19 期

擂台应对

出句:国为重,家为轻,开创航天事业;
对句:学是经,研是纬,攀登科技顶峰。

出句:燃尽自身,催化民族希望;
对句:辟出他径,打通技术难关。

出句:大孝无言,延续中华美德;
对句:真情有信,成全谢氏全家。

对句:有胆有识,独思学子开心智;
出句:克勤克俭,唯愿诗书震港湾。

奥运联赛

无限商机迎奥运;
有为志士振雄风。

四季联苑

月朗风清星正北;
山穷水尽日偏西。

结果如何,无非名利两张卡;
过程怎样,定是音符一路歌。

原野春风多燕舞;
山乡雪路少车行。

败在贪杯,人间有律戒沾酒;
成于品味,天下无说不饮茶。

文思插翅翔山顶;
物欲裹足止岸边。

涉水已深犹问底;
登山到顶不言根。

翻书引典穿青史;
上网发帖越地球。

高山昂首永留守;
流水低头总向前。

雨洒随天只向下；
水流就地不攀高。

人间大爱细微处；
世上真情危困时。

弥新新手巧于创；
不老老刀妙在磨。

快车驶在单行道；
好事源于专利权。

酒过三巡,英雄本色自然显；
书翻五页,故事情节绝对出。

货到桥通高速路；
车回路转立交桥。

玉米长胡身正嫩；
高粱醉酒脸通红。

荞麦铁甲挂多面；
玉米铜牙排满身。

山上梯田，高低登顶塔形景；
沟中坝地，宽窄开屏扇面图。

等车总觉时间慢；
上路便知速度先。

日落西山,霞光万道,前涂后染虚实色;

羊归东路,云朵百重,此起彼伏母子声。

梨

似雪春花,一夜白衣融月色;

如金秋果,千张黄脸映夕阳。

诗钟漫话

【肆·行】四唱

一流宝肆金珠贵;

二类银行铜板稀。

2008 年《对联》(下)第 6 期

攻擂揭晓榜

对句:艾青柳永苗得雨;

出句:海瑞田丰谷向阳。

2008 年《中国楹联报》第 17 期

联语百花

题浙江洞头望海楼

大海无边,洞头开眼界;
高楼有势,游客壮胸怀。

2008 年《中国楹联报》第 30 期

擂台应对

出句:饱历艰辛,方显爱情珍贵;
对句:频经痛苦,更知意志坚强。

2008 年《对联》(下)第 7 期

奥运联赛

圣火照珠峰,虹霓临顶天开眼;
红旗飘碧落,云雾解怀地动心。

2008 年《对联》(下)第 8 期

题万荣笑话博览园

清风遍地,巧语设机关,思维逆向敞怀笑,情通气顺;
春色满园,妙言开铁锁,智脑转弯贯耳惊,柳暗花明。

题安徽亳州三国游览宫

读书看戏游宫,千古英雄心复印;
出魏入吴去蜀,三国战火眼传真。

机巧联

烧香三炷;
献丑一回。

黑马奔来人放炮;
白云飞过鸟鸣声。

祁县小学插绿柳;
乔家大院挂红灯。

三山五岳齐开道；
九雨十风共润花。

下海上山龙虎跃；
上滩下地马牛奔。

堵车报警警开路；
引水挖渠渠汇流。

瓷罐装粮绝对满；
竹篮打水自然空。

回文联

父写文章文写父；
儿描画稿画描儿。

下地犁田犁地下；
来城上市上城来。

瑞雪朝阳朝雪瑞。
和风惠雨惠风和。

2008 年《对联》(下)第 8 期

联语百花

中秋节

又是中秋,楼前迈步情激浪；
依然圆月,网上交心屏闪光。

教师节

烛火燃心,一片光明一片爱；
蚕丝织锦,十分灿烂十分心。

茶

朝日射红,霞蔚涤尘,祥云紫气巧添叶,万里长空常溢翠;
茶山喷绿,霭游滚浪,细雨微风妙著花,一时大地总飘香。

2008 年 9 月 5 日《中国楹联报》

袖珍联

教育大实业;
校园小课堂。

春蚕丝奉献;
蜡炬火光明。

专绘连环画;
高吟童子歌。

国强固重教;
才大定尊师。

栋梁撑万厦；
桃李艳三春。

书本装天地；
课堂化雨风。

春色园丁绘；
丹桂学子攀。

一支蜡炬亮；
三尺讲台宽。

学子谦勤苦；
教书爱细严。

教魂双鬓雪；
师德五更灯。

翰苑诗词平水韵；
讲坛风雨彩云天。

大器晚成博士位；
小苗茁壮向阳花。

网络百尺千屏画；
桃李满园四季春。

文章印心精彩版；
书声入耳凯旋歌。

电化教学连九域；
网络窗口映三春。

教师育李培桃志；
学子顶天立地才。

大志源于真报国；
贤才来自苦读书。

志士摘星学是胆；
英才挽月书为魂。

言传贯耳入心去；
身教践行上路来。

探海途中粉笔划；
登天路上教鞭挥。

斗艳百花织五彩；
争奇八景亮三光。

2008年《对联》(上)第8期

发电增光，照亮小康路；
产煤送热，映红大政春。

2008年《双塔联艺》古交"金牛杯"征联

擂台应对

出句:地动山摇,数万同胞罹大难;
对句:民行政令,八千部队作先锋。

出句:眼含悲泪,口吐慈言,总理深情感世界;
对句:力挽险情,志捐赤胆,人民大爱献灾区。

时政联萃

奥运联赛

金银铜大奖;
黑黄白众人。

苦丁茶

某市报发布领导手机号24小时开机……

十次畅言,一介新秀发高论,大官高论凌空难立;
一般频率,十万臣民打手机,市长手机占线不通。

一线高谈,岂能非议,继承传统,提高效率,有科学参照,
那会质疑,早已多回闪电;
多机报号,尚待研究,数码属私,工作是公,无法律可依,
谁结话费,莫言一缕阳光。

迈脚碰头照面,不止三回,绝无炒作;
开机打虎隔山,并非一线,全是忽悠。

某航延误18次航班竟然借口天气原因,难遮众眼。

某航主体真情少;
天气客观假意多。

城中村,月异日新,层层土地摇钱树;
天下厦,灯红酒绿,座座洋楼聚宝盆。

个别商家借抗震救灾,所谓献爱之机,反其道而行之,大发国难财!

手段用绝,假充慈善机构,发帖征募;
天良丧尽,真打个人账号,下套敛财。

有个别人运用手中权力,左手大贪污,右手小捐款。

明修栈道小捐款;
暗度陈仓大敛财。

官吏登台耀眼;
钱权交易亏心。

关注民生通货涨;
调节股市价盘跌。

新闻报道曲言喜;
市场行情直曝忧。

人间正道理铺就；
官场后门钱打通。

豆丰收，电播报道；
腐涨价，巷议街谈。

钱买官，官捞钱，有钱有势；
法任位，位代法，无法无天。

物欲横流人做梦，不分昼夜；
情思纵放色追钱，只别春秋。

2008 年《对联》（下）第 9 期

擂台应对

出句：瞒天过海"龙"拍"虎"；
对句：破雾拨云"凤"变"鸡"。

出句:廿载怀胎,几回难产,两行喜泪坠三晋;
对句:一朝分娩,六月诞生,百副贺联来九州。

四季联苑

题信阳茗阳阁

先到为君,宇中人物谁得胜?
后来居上,天下楼阁此最高。

看图配联

吹 手

吹出无限心声,动地惊天追日月;
开启有情悄眼,销魂摄魄醉山河。

春 播

大地春回,撒籽鞭牛惊紫鸟;
小家秋梦,播红种绿长黄犊。

苦丁茶

> 官员私欲增一倍；
> 政府公权减十分。

2008 年《对联》(下)第 10 期

袖珍联

> 人生忧乐二重曲；
> 事业兴衰三步棋。

> 克己奉公归正道；
> 营私舞弊入歧途。

> 人和和万众；
> 官正正一方。

> 寡欲精神爽；
> 细研学问深。

诚信两头暖；

和谐八面平。

2008 年《对联》(上)第 11 期

奥运联赛

心向北京，一人千步前中后；

手擎火炬，三色五洲黑白黄。

四季联苑

题宝鸡钓鱼台

长竿钓起江山万里；

大治翻开历史千年。

苦丁茶

低保贫民饭；

高贪大众油。

人心没尽蛇吞象；

物力有亏地建楼。

2008 年《对联》(下)第 11 期

袖珍联

勤俭家风结硕果；

仁和春雨润新花。

室少尘埃邀日月；

家藏书画咏诗文。

世事道来三盏酒；

人情阅尽一壶茶。

高楼不坠凌云志；

正气常扬渡海帆。

网上弄潮船自远；
书中观月眼独明。

荧屏天地古今事；
门户儿孙端正人。

2008 年《对联》(上)第 12 期

攻擂揭晓榜

对句：界首禾苗齐首界；
出句：长平关圣不平常。

2008 年《中国楹联报》第 42 期

中国女子体操团体冠军诸成员嵌姓名联

程　飞　路险过程飞灿烂；
　　　　花香世界溢芬芳。

邓琳琳　　琳琅满目琳宫体；
　　　　　邓姓一人邓氏操。

何可欣　　可以题名常努力；
　　　　　如何张榜自欢欣。

杨伊林　　伊是石林中美玉；
　　　　　杨为秀木里琼枝。

江钰源　　秉钰登山须辨矿；
　　　　　沿江问岭自知源。

2008 年《中国奥运冠军题赠嵌名大典》

擂台应对

　　出句:水墨含情,展千年画卷；
　　对句:丝绸铺路,鼓万里商风。

对句：共参奥运会，梦想追回，梦中人醒；
出句：同住地球村，心歌唱罢，心底泪流。

时政联萃

热烈庆祝神舟七号发射成功

发展连绵，五六七号连珠炮；
传承递进，一二三贤探月人。

回文联

物价高升高价物；
天星降落降星天。

趣联

高崖谈尺寸；
峭壁放尖端。

民称呼百姓；
官代表千家。

喝酒猜拳出手；
整容进店剪头。

站队个头说大小；
排名分数论高低。

百花园里十分色；
千鼠眼中一寸光。

上网拍砖灌水发帖子；
下乡问路逛村卖背心。

看图配联

尽一份爱心

各尽爱心，人人出力无残者；
共捐善款，个个争先有盛情。

苦丁茶

免检太荒唐，要行科检；
排榜须慎重，莫道名牌。

矿窑二止一关，以人为本，安全可喜；
煤价四升三降，由市兴风，取暖担忧。

2008《对联》（下）第 12 期

试题《西溪吟苑》

一本专刊摄魄魂,西溪吟苑奏强音。
诗翁词仗昭天地,义胆仁心缀古今。
健笔生风催化雨,豪情织彩染流云。
雷声偶响知节气,吟海无边指渡津。

读论诗"八病"感怀

诊出诗病算名医,欲治呻吟打点滴。
八病八多八少准,六方六题六问宜。
加强学养一针血,区别思维两面旗。
读后身心经理气,仿佛服用药黄芪。

赞钱明锵在马六甲教堂演说

南国演讲众着迷,满口滔滔不漏滴。
孔教圣堂宾溢彩,海峡红日浪屏息。
文明宏论三激浪,失误儒学一破题。
决口大堤冲死谷,东方万里露晨曦。

2008 年《西溪吟苑》第 47 期

情人节

红绿灯光闪,徐徐乐曲扬。

恋情交臂暖,爱意碰杯香。

对对蝴蝶舞,双双燕子翔。

心扉全大敞,彼此互芬芳。

2009 年《鹅湖诗刊》第 1、2 期(合刊)

植树节

日丽风和地敞怀,春花万里向阳开。

青松郁郁白云恋,绿水湲湲黄土差。

五岭三山将种撒,千军万马把苗栽。

树人树木双赢计,建厦修桥两用才。

2009 年《中国楹联报》第 16 期

贺第 15 届三门峡国际黄河旅游节

函谷通关大敞门,九州洞口绕祥云。

楹联对句呼仙客,英语单词导贵宾。

古渡船舶灯火亮,摩崖造像体形神。

渑池兵站黄河浪,今日旅游过大军。

2009 年 5 月 12 日《三门峡诗联报》(2)

中原选美

可餐秀色笑生甜,欲火难填动脑先。

选美中原十万奖,怜香小草五千年。

咏装劲舞专开眼,礼服旋歌共动颜。

俊丑青春多性感,风云波浪赖金钱。

2009 年《上海诗词》第 1、2 期(合刊)

中华人民共和国 60 周年大庆

东方红日照全球,万里江山百战收。

六秩风云扫蜃景,三旬雨露汇清流。

良田连片春秋画,高厦成排欧亚楼。

两制宏图贤者绘,无边大海共飞舟。

2009 年《中国楹联报》第 8 期

牛

野岭日出多彩霞,陡坡重载九牛拉。

奋蹄俯首圆睁目,牛气冲天耳不奔。

2009 年《难老泉声》第 1 期

思 乡

离家游子月相随,日落鸡栖特想归。

路远心中将店数,夜长梦里把车追。

梁园水美无亲访,故土山低有洞回。

童趣光盘思绪放,溪边饮马柳丝垂。

2009 年《对联》(下)第 8 期

吟中华人民共和国成立 60 周年

翻江倒海跃黄龙,破壁东方旭日红。

三代治国扛大鼎,六旬庆典响洪钟。

改革充电车灯亮,开放乘风义路通。

两制霞光天地灿,五星大厦耸长空。

2009 年《上海诗词》第 3 期

贺祖国60华诞

日跃东方万里红，几时岁月势峥嵘。
三中转向驶高速，两制开篇舞巨龙。
宇宙飞船惊玉帝，珠峰圣火照星空。
和谐百业莺啼序，花甲容颜胜神童。

2009年《大河楹联》第7期

中华人民共和国成立60周年

东方旭日照江山，漫卷红旗万里天。
峥嵘岁月风云过，璀璨灯光港澳还。
宇宙飞船开富路，珠峰圣火映金泉。
三农迈步康庄道，两制科学汇本源。

2009年《中国楹联报》"周末"第8期

村委选举

古槐树上鸟鸣啾，入场村民汗尚流。
小妹点名发选票，老人拄杖忆抓阄。
宗族不选失群马，大众同推孺子牛。
鼓掌声声惊雀散，仿佛开动火车头。

豆　芽

春季三餐意气昂，人间宝物特留香。
强撑压力雄心壮，优化基因品性良。
大胆生根芽论点，恒温出彩水文章。
满篇逗号同书写，营养工程颂小康。

拾　荒

四季拾荒雨雪风，夫妻相伴影随形。
街头播种莺啼序，巷尾收成虎占峰。
算账堆中求秤正，翻书树下自心平。
偶得酒店易拉罐，脚踩嘭嘭似鼓声。

2009 年《中华诗词》第 12 期

上老年大学

解甲归来望故乡，鼠标导引又开窗。
人生冲刺加油站，情感链接交友堂。
末路班车留客座，终端产品返回光。
文章句号精心划，百世芬芳数墨香。

2009 年《对联》第 12 期

同学聚会

梦中多次见,对面不相识。

眼底风云退,额头路径驰。

一幅铜版画,半首叙事诗。

形象成谜语,声音告我知。

2009 年《难老泉声》第 2 期

志愿者

望重赢来竖指夸,德高广布满天霞。

总帮弱者支肩负,常挽危局伸手拉。

出力得安石落地,助人致乐脸开花。

冲天飘起红丝带,人性回归是热茶。

2009 年《鹅湖诗刊》第 3-4 期(合刊)

秋日感怀

杜宇声声欲断肠,时空不设有形墙。

登楼放眼云天阔,赏月思乡意念长。

邀月两头针引线,凭楼七尺地开窗。

秋菊无语三分笑,助我吟诗寄远方。

霜　降

连夜秋风卷昊空，欢呼大地毕其功。
舞台拆架息声影，原野脱装露腹胸。
攥紧生机于手上，收藏种子在瓶中。
任由冰雪编新剧，待到梅开再舞龙。

落　叶

落叶无忧特乐观，绿黄变化赋新篇。
花红捧月心中喜，果熟离枝体外欢。
大地收藏成古董，深根拥抱做神仙。
霜衾雪被催圆梦，绝对春回展笑颜。

2009年《上海诗词》第4期

擂台应对

出句：秋月无声，几缕桂香撩客梦；
对句：夏风有韵，一池荷色荡情思。

2009年《对联》（下）第1期

四季联苑

白雪铺开一卷纸；
红梅绘就百枝花。

科学发展鲜花艳；
社会和谐硕果丰。

机巧联

宽带一根线；
长巾三尺绸。

书法黑白艺术；
葡萄红紫容颜。

人间正道中为正；
山里斜阳偏自长。

黑吃怎可黑吃自己；
白领岂能白领工资。

看图配联

墨　香

结对撰联联碧海；
挥毫泼墨墨青山。

游　览

绿水思联，亭立通天接玉带；
青山作对，洞开入地拓桃源。

苦丁茶

重教尊师，吹风难落雨；
诘乡问县，造假总欺真。

负于三秋改革,玉米付薪通货币;
痛在两极分化,老师受辱笑科学。

远程教育,山村照样说神话;
陋地老师,薪水竟然论斤粮。

2009 年《对联》(下)第 1 期

擂台应对

出句:受杖无觉,伯俞独泣;
对句:衣芦有理,闵损单寒。

对句:四季走五台,认识三晋;
出句:三秋游九寨,感受四川。

四季联苑

一生智慧寻诗里;
半世情怀放字间。

机巧联

> 年龄几何矣？
> 爱情三角乎！

无情联

> 易道易行行易道；
> 难题难解解难题。

回文联

> 暖意春风春意暖；
> 寒天雪地雪天寒。

2009 年《对联》(下)第 2 期

联语百花

> 办事无私，方具一身正气；
> 爱财有道，自然两袖清风。

2009 年《中国楹联报》第 10 期

苦丁茶

观天数日云中,思维麻木久;
抗旱一声令下,脑子转弯急。

三冬无雨无声响,粗枝大叶;
一日有文有令行,牢补羊亡。

听从命令,省市发文等中央,教条主义;
尊重客观,地方抗旱看天气,行政科学。

苗头初露发文早;
旱象告急引水迟。

刺激消费,购房零首付;
欲挽危局,次贷债终身。

玩弄花招,岂能发展;
运行经济,务必科学。

新疆狼吃羊

不必敲门骗小羊,理直气壮狼来了;
还得开会依人大,色厉内荏法醒乎!

物竞天择有平衡,自然壮美;
科学法律无矛盾,社会和谐。

愤怒声中喝罪犯;
豪华车里坐贪官。

擂台应对

对句:改革日照九州亮;
出句:开放春来满眼春。

出句:冀尚义,晋怀仁,燕赵多侠士;
对句:浙文成,苏武进,越吴尽英才。

四季联苑

身少一文难放胆;
囊多万贯不安心。

人生百道数学题,几何三角方程式;
社会千张风景画,水墨素描透视图。

看图配联

一门忠烈

生活留影英雄谱;
历史聚焦忠义家。

2009 年《对联》(下)第 3 期

祝贺三门峡市成功创建中国楹联文化城市

喜事临门,三门贴对子,函谷宏开春气象;
公文达市,一市挂联旗,崤山特写韵篇章。

祝贺第15届三门峡国际黄河旅游节圆满举行

函谷通关,大敞三门,声色频频惊耳目;
崤山开路,喜迎四海,客商滚滚舞旗旌。

2009年5月12日《三门峡诗联》

擂台应对

对句:春日春光春风化雨;
出句:牛年牛市牛气冲天。

看图配联

陵　园

顶天立地碑凝魄；
洒血抛头园荡魂。

尚志柳

遮荫故乡千里爽；
扎根大地九州同。

将军故居

龙腾虎跃那时景；
鹏举鹰飞此地巢。

苦丁茶

永康市政法委书记办假护照——问责带病提拔。

反腐大观，卖官人落马，咎由自取；
倡廉多思，任命者登台，责属他担。

卖官计划权绝对；

带病提拔势必然。

左索右捞，良心泯灭；

上行下效，恶性循环。

2009 年《对联》(下)第 5 期

擂台应对

出句：绽蕊梅花寒未破；

对句：铺天雪景瑞先生。

出句：政策惠农，家电下乡，盛世农家乐；

对句：春风化雨，露珠滚叶，佳时雨露新。

四季联苑

夜雨织愁，点点心中成梦境；

轩窗敲韵，丝丝声里借秋风。

闭眼顿开灯特亮；
静心久养理深明。

回文联

戏唱人间人唱戏；
情抒信里信抒情。

虎卧山中山卧虎；
鱼游水里水游鱼。

小鸟飞天飞鸟小；
红花映日映花红。

2009年《对联》(下)第6期

联语百花

题太原龙潭公园春秋大鼎

秋去春回，并州好雨妙时洒；

龙兴鼎立,世纪大风盛日歌。

2009 年《中国楹联报》第 28 期

四季联苑

撕晚日红霞,吟诗对句;
撷秋风黄叶,绘画录音。

看图配联

巴颜游击队

黑水白山留虎影;
青春壮士显龙姿。

苦丁茶

毁农田建高楼荒故园

建设新村,良田百亩高楼起;

空闲旧院,杂草四方野兔藏。

2009 年《对联》(下)第 7 期

联语百花

题河南紫荆关山陕会馆

秦晋合约,高山流水春秋韵;
江湖通义,好马香茶日月心。

临水洗心,意念深时情有底;
登山开眼,天涯远处路无头。

2009 年《对联》(下)第 8 期

贺国庆 60 周年

千万事新生,科学论断和谐语;

六十年巨变,特色文章发展题。

2009 年《中国楹联报》"月末"第 8 期

联语百花

人间望月喜忧半;
世上观花富贵全。

2009 年《对联》第 9 期

机巧联

汽车路上行程度;
落叶池中见水平。

核桃灵脑回文状;
豆角并肩对句形。

知冷知热摇头扇；

不记不听过耳风。

人老一篇回忆录；

年轻三部抒情诗。

苦丁茶

《马斌读报》报道，北京频发交通事故，应急车道堵塞。

应急车道救生路；

越轨司机掘墓人。

管理悲哀，应急车道名存矣；

交通混乱，挤占行为实在哉！

2009年《对联》（下）第9期

擂台应对

对句:重九登高观雁阵;
出句:端阳怀古赛龙舟。

出句:虽说骨肉情深,难违道义;
对句:须知仁德事大,莫论亲疏。

对句:赤水青山美;
出句:黄山茶水香。

四季联苑

素月流天,清歌入梦;
闲云弄影,飞鸟衔心。

借钱须踏马蹄印;
遇事不钻牛角尖。

悟道哲学,得失故事塞翁马;
为民政治,奉献精神孺子牛。

机巧联

五官居首;
十指连心。

两手空空空手道;
四方正正正方形。

看图配联

联廊全景

联廊有限联无限;
对法无声对有声。

联语百花

题西昌邛海公园风雨廊桥

顷刻风来,闪电抢拍留照影;

及时雨过,彩虹悠起并肩桥。

2009 年《中国楹联报》第 43 期

征联大擂台

对句:力倡法行,顺情顺理顺规导;

出句:严查酒驾,护我护他护路通。

2009 年《中国楹联报》第 44 期

联语百花

题陕西凤县

秦陇沉思,铅汞厚藏,富矿闪光地;

川陕凝望,凤凰高翥,珍禽亮翅天。

2009 年《中国楹联报》"月末"第 10 期

联说天下事

新闻背景：一孩童说，长大了要做贪官。

实话实说，童言无忌，幼小心灵官染黑；
可吁可叹，世道堪忧，文明社会众扫贪。

半世当官，为公动手，徇私止步；
一生做事，思路超前，吃苦在先。

2009年《中国楹联报》第46期

擂台应对

出句：人人喜用天堂伞；
对句：日日早开米市门。

出句：一日三餐愁月半；
对句：八舌七嘴忌言全。

机巧联

武进(江苏)文成(浙江)同永顺(湖南);
铜川(陕西)铁岭(辽宁)共钟祥(湖北)。

2009年《对联》(下)第11期

贺宁夏回族自治区成立50周年

西夏神,陇山魂,化文武诗篇千万首;
黄河水,贺兰砚,绘春秋图画五十幅。

贺三门峡市荣膺中国楹联文化城市

对句壮三门,竖写行行辉雅市;
联花开四海,横飞朵朵映儒城。

2009年《三门峡日报》

贺太原楹联家协会第二次会员代表大会胜利召开

短短五年,劲挥双塔两枝笔,洒洒千联歌盛世;
堂堂一届,力鼓并州八面风,煌煌二句挂龙城。

　　　骈偶和谐融二句;
　　　楹联对立统一文。

2009 年《双塔联艺》

贺黄河金三角楹联文化联席会成立

一对二联,三省组成新四军,扬旗国粹千秋画;
九曲八转,四区交汇金三角,逐浪黄河万里歌。

　　　四区写对书千副;
　　　三省相联写二行。

2009 年《中国楹联报》第 50 期

擂台应对

出句：五台搭擂台，唱旅游大戏；
对句：十堰垒石堰，绘农业宏图。

2009 年《对联》第 12 期

四季联苑

贴窗花，放鞭炮，穿戴时装，品味佳肴，抒情写对联，听歌观晚会，高潮迭起，零点钟声惊日醒；

发短信，打手机，寄飞鸿雁，问候好友，贺岁祝生意，拜年拿彩头，小辈丰收，红色数字报春归。

题丽江古城

桥拱云游百道虹，通往金街闹市；
水环山抱一方砚，养出木府繁花。

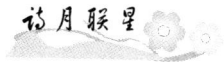

百桌婚宴人情债；
一曲葬歌休止符。

苦丁茶

临县白家峁煤矿与三星煤焦公司发生纠纷，后者不执行山西中、高两级法院判决，百余人开车械斗。

曾为违法采煤，继为拒法斗殴，谁是后台老板？
初是开车碾命，现是舍车保帅，何为天理良心？

今日追究械斗人，媒体曝光易；
那边未处批文者，新闻报道难。

寻根究底何时问？
治表应急今日抓。

农民学法一张纸；
官府弄权千吨煤。

2009年《对联》（下）第12期

南校门

学一须问二；
教百必知千。

北校门

德智体花园,春色满园关不住；
金银铜奖路,名牌八路涌出来。

文 庙

继往开来,曾行洙泗三千士；
瞻前顾后,又起高低八百峰。

教学区

从教登台,导演开花千万朵；
就学伏案,练习结果万千枝。

文理共通关，因为所以一堂课；
师生同互动，施教治学两道题。

科学馆

科学撑起一轮日；
技术打开万道关。

图书馆

书山松柏千秋绿；
图海线条百里长。

体艺馆

体重百斤须举重；
艺高一面必登高。

植物园

历春夏秋冬,四季耕耘听布谷;
汇乔灌草木,百花绽放赏含羞。

2009 年湖南省浏阳第 1 中学校庆联

花甲中兴,东方红日南巡彩;
小康大治,西部长空北斗光。

六秩探索,历雨经风,一国走上小康路;
三巡发展,挥毫泼墨,两制绘出特色图。

2009 年 8 月 12 日《保定日报》

对句壮三门,竖写行行辉雅市;
联花开四海,横飞朵朵映儒城。

2009 年 5 月 21 日《三门峡日报》

日月流程,齐鲁荡春,春光千里美;
胶东在线,庚寅跃虎,虎气十分足。

推出高水平,技术支撑织壮锦;
唱响主旋律,科学发展谱华章。

壮芽苹果三春美;
魅力烟台万象新。

鸟鸣押韵和谐曲;
虎啸生风浩荡春。

红梅开圣境;
瑞雪化新春。

雪白月中兔；
联红天下春。

欢送牛年，牛劲何曾减；
喜迎虎子，虎威自会加。

网上胶东春在线；
室中座右虎归图。

2010年"胶东在线网"

预祝第 16 届三门峡黄河旅游节圆满举行

撰二副联吟诵；
到三门峡旅游。

2010 年 5 月 10 日《大河楹联》

擂台应对

　　　　出句:心随秋燕南飞去;
　　　　对句:意请春光北顾来。

2010 年《对联》(下)第 1 期

　　　　出句:大庆人民迎大庆;
　　　　对句:新疆军队保新疆。

2010 年《对联》(下)第 1 期

春联欣赏

　　　　虎气生风,春风万里千山绿;
　　　　牛铃遗韵,笛韵一声百鸟和。

2010 年《大河楹联报》

虎年新春联

虎行雪地梅花五；
历挂厅堂年份十。

牛耕大地三春暖；
虎卧青山四季安。

2010 年 2 月 5 日《太原晚报》

擂台应对

出句:雪盖梅梢,愿与红颜同白首；
对句:机飞云顶,敢和青鸟共蓝天。

出句:效忠先主,一生心血酬三顾；
对句:光耀后人,百倍精神壮六出。

2010 年《对联》第 2 期

对句:鸟语和谐,萦回山谷;
出句:农歌嘹亮,唱响田园。

出句:一朵雪花藏福祸;
对句:半生故事蕴酸甜。

出句:旭日辉之,雨露润之,江山千古秀;
对句:和风吹矣,工商兴矣,楼厦百村新。

出句:雁字回时,江枫半老难成锦;
对句:春风到处,桃杏全新易著花。

2010 年《对联》第 3 期

土地开恩黄五谷;
春风问道绿千山。

和风乐唤长江水；
春日喜登黄鹤楼。

激浪扬波清万水；
迎春圆梦绿千山。

红日照长江,金龙腾万里；
春风描特色,玉虎跃千山。

2010 年黄鹤楼春联征集

擂台应对

出句:月月月明朗；
对句:山山山峻巉。

2010 年《对联》第 6 期

出句:水少沙尘起;
对句:巾长帐幕垂。

2010 年《对联》第 9 期

对句:长治金石镌赤壁;
出句:大兴土木建良乡。

2010 年《对联》(下)第 9 期

四季联苑

教师节

绛帐烛光迎日出;
杏园雨露映星升。

纪念抗战胜利 65 周年

纪念抗倭,协力同心扬浩气;
运筹兴国,描红染绿绘宏图。

擂台应对

出句:小人物,大英雄,撑起蓝天一片;
对句:好品牌,高质量,拨开浓雾千层。

对句:春日大田草,苗苗直立;
出句:竹山圣水茶,口口幽香。

出句:日日昌,日月明,昌明盛世;
对句:山山出,山由岫,山岫闲云。

2010 年《对联》第 10 期

出句:桥头绿柳悬明月;
对句:山顶青松抹彩霞。

四季联苑

拄杖登山观雁阵;
平心赏菊记花期。

2010 年《对联》(下)第 11 期

联语百花

题老年大学

人生路上末班车,志向西山峰顶;
文化园中新客站,油加东海港湾。

擂台应对

　　出句:托生命方舟,九州携手;
　　对句:奏人民富曲,万众弹弦。

　　出句:壶中美酒邀君醉;
　　对句:关外好风任我追。

　　对句:佛庙何园才弗可;
　　出句:湘江漓水不相离。

　　出句:不闻世事龙垂耳;
　　对句:欲表心情女展眉。

贺赵云峰先生

联海无涯放眼观,泛舟馆主挂风帆。

推波玉韵和天籁,助浪金声奏地弦。

二副晋祠尤历历,藏山一对更丹丹。

八旬有五同来贺,我寿先生过百年。

2010年《对联》(下)第3期

党　委

紫燕报春,坚持特色和谐论;

黄莺鸣柳,倡导科学发展观。

人　大

代表人民,花开花落收眼底;

监督政府,雨细雨疏记心中。

喜字抬头,福字贴门,如意千家贴二字;

虎年呈瑞,兔年余庆,闹春万事系千年。

玉兔舞迎春,世博飞花,亚运升旗,灿烂人文添锦上;
黄河波激浪,泰山卧虎,长江发电,辉煌业绩唱歌中。

陶醉春光,欣将兔迹绘成画;
歌吟时序,乐把虎威酿作诗。

兔举金牌,迈开舞步上春晚;
虎归岗位,抖起威风护玉山。

2010年《华夏诗联书画》特刊"全国春联吐故纳新"

步林从龙题上海世博会原玉

地球村里万人游,浪涌浦江春话秋。
共睹未来城市貌,人心从此上层楼。

和赵美萍《致春草——读唐代唐彦谦〈春草〉诗引怀步韵有作》

雪化春来看这边,无忧姐妹共缠绵。

出头泛绿迎风笑,暖意寻根谁问年。

2010 年《难老泉声》第 4 期

题上海世博会

浦江五月气蒸腾,四海飞来鸥鹭鹏。

展馆千姿风雅颂,虎年龙马凤同鸣。

2010 年《中国楹联报》第 24 期

暮 春

微风轻点绿,细雨抚飞鸢。

紫燕新巢暖,黄莺笑语欢。

林山依序染,溪水顺畦喧。

陶醉春深景,观虹已在天。

2010 年《对联》(下)第 6 期

无　题

江海生存大小鱼,人间高厦傲穷庐。

逼宫阵势卧槽马,杀象机锋对面车。

权力过期才论智,金钱到手不言愚。

平心放眼滩头望,芳草萋萋养蠢驴。

2010 年《诗词报》第 14 期

山

出世言高度,问天总挽云。

立地方圆定,千秋养育人。

水

泉中幽且静,海里滚翻腾。

三态四时变,因柔千里行。

田

五谷春秋景,借时赖土成。
万顷翻波浪,源于布谷声。

林

结队成方阵,翻山越岭行。
呼风连唤雨,百鸟共争鸣。

2010 年《诗词》报第 16 期

擂台应对

出句:绘蓝图,黄河翻碧浪;
对句:染特色,赤水绕青山。

出句:学子中秋迎满月;
对句:商人大厦话三星。

四季联苑

题钓鱼岛

华夏翻开铁板图,古今有据;
日倭欲占钓鱼岛,早晚没门。

黄河笔会

玉兔迎春,物价减肥,花开百姓菜篮子;
梅花傲雪,银行加息,利鼓全民钱肚兜。

2011 年《山西日报》124 期

擂台应对

出句:南南北北,车车船船,往往来来,忙忙碌碌;
对句:夏夏秋秋,风风雨雨,飘飘洒洒,荡荡悠悠。

2011 年《对联》(下)第 4 期

四季联苑

题春晚

出句:节目纷呈,舞起歌飞,推波助浪钟声外;
对句:明星迭出,名扬艺现,出彩闪光魔术中。

题村官

情系农村,展翅深山追俊鸟;
志推科技,倾心大地引清泉。

2011 年《对联》(下)第 4 期

擂台应对

出句:春风点染千山绿;
对句:秋雨连绵万水清。

出句:日月年,日月潭,潭中日月;
对句:云烟雨,云烟阁,阁里云烟。

四季联苑

贺建党 90 周年

迈步九旬,锤镰开道长征路;

交班三代,马列传书大治经。

2011 年《对联》(下)第 7 期

擂台应对

出句:草书秀丽铺长卷;

对句:壁画神奇荡古风。

出句:劲酒好喝好酒劲;

对句:香茶早饮早茶香。

2011 年《对联》(下)第 8 期

祝贺中国共产党诞辰 90 周年

一片涟漪,南湖记忆微波里;

九旬华诞,北斗光辉广厦中。

2011 年"山西楹联家网"

杏花岭集

擂台应对

出句：一网情深联世界；
对句：万屏画灿对乾坤。

出句：绿树红楼飞紫燕；
对句：白鸥碧水守黄鱼。

2011 年《对联》(下)第 11 期

寄友人

难达久无声，酿陈好酒馨。
坛中提味聚，梦里仰星升。
启盖醇香正，擎杯耳目清。
时光分昼夜，春晓鸟嘤鸣。

2011 年《对联》(下)第 4 期

村 官

学而优则仕,行者首为农。

俊鸟深山出,壮怀大气充。

炼成千里马,腾起九天龙。

原野虹霞布,人乡不再穷。

保 姆

登堂走过场,隔室问详情。

题目主人出,文章自己成。

当家提重物,管事发轻声。

非主又非客,递茶看脸行。

2011 年《长白山诗词》第 4 期

建党 90 周年感怀

南湖分娩大英雄,舞起东方华夏龙。

九十地球同祝酒,八千宇宙共瞻容。

飞船二号将天量,免税三农把电充。

万里长征新气魄,全球献礼井冈松。

建党 90 周年思

漫漫行程九秩天,乾坤转动倍思贤。

长空遵义领头雁,大地凤阳包产田。

恶浪狂风平息后,银鸥白鹭竞鸣先。

喜今寿礼船飞月,敢渡天河众溯源。

颂党命笔

真龙分娩碧波间,出世腾云破雾天。

斩荆锤镰开义路,借风马列润心田。

江山到手百年后,温饱进家三步先。

九秩中兴斟酒满,红船十二五扬帆。

2011 年《中原诗词》"红诗赛特刊"

纪念辛亥革命 100 周年

辛亥共和闪电光,百年依旧耀辉煌。

三通两岸题先破,一统九州纲后张。

归雁蓝天人字写,游龙碧海故乡望。

功成半步从来忌,指日春雷弭阋墙。

2011 年《对联》(下)第 10 期

新 历

如今世事改千年,霞蔚云蒸灿烂天。

春种补钱花浪漫,秋收免税果新鲜。

崭新史册千张画,不老河山万里田。

雨顺彩虹升道道,机声笑语伴鸣蝉。

张老汉

自从盖起二层楼,老汉心中分外牛。

拄杖依门随意话,凭栏望月尽心收。

春秋听鸟高低唱,冬夏乘时冷热休。

由此张宅成景点,邀三约五道无愁。

2011 年《长白山诗词》第 6 期

党 90 华诞祝辞

高寿源于总爱民,虽然九秩倍精神。
三江煮酒南湖宴,五岳端杯北海樽。
红叶千山心不老,碧莲万里面如春。
频频祝福清廉句,在位贤孙莫敛银。

辛亥百年吟

那年雷电闪金光,辛亥芳名越过洋。
青史翻开新页码,中华续写大篇章。
中山博爱胸装海,制度共和国向阳。
两岸三通风正顺,英雄认祖岂封疆。

2011 年《武汉诗词》第 4 期

【仙吕·后庭花】秦声

秦腔曲调柔,长安剧院稠。词唤关中月,声敲雁塔楼。信天游,浑圆响亮,歌飞逐水流。

2011 年《当代散曲》第 13 期

【仙吕·一半儿】辛亥革命百年

人逢辛亥百年思,武汉江流浪祝辞,仿佛枪声间伴之。望雄狮,一半儿飞天一半儿塞。

2011年《当代散曲》第14期

擂台应对

出句:娱乐休闲当有度;
对句:旅游放假岂无期。

对句:地道三层,低堡连通成地道;
出句:天宫一号,太空对接建天宫。

出句:羊煤土气,令我扬眉吐气;
对句:豹鹬槐猪,让人抱玉怀珠。

2012年《对联》(下)第3期

中秋三首

邀来诸友共弹琴,咏罢春晖把酒斟。
十五轮高天地镜,万千诗妙古今心。
故乡庭院梦乡立,老子亲情孝子吟。
百态千姿昂首汉,凭栏仰望晓星沉。

室内花开菊白黄,盘中糖果静飘香。
一年岁月今过半,两地厅堂物摆双。
此夜九州同赏景,何人万里不思乡。
手机短信频频发,饼切三刀独举觞。

吕梁山顶我凌空,欲入蓝天月镜中。
托月白云三五朵,灿山黄菊万千丛。
水晶月里桂花艳,岩石山边枫叶红。
玉兔嫦娥同舞蹈,蝉鸣雁叫到蟾宫。

厨 叹

五颜六色市风光,价格飙升世恐慌。

红柿夸红思入室,紫茄发紫欲登堂。

蒜皮不与鸡毛小,土豆常跟番薯忙。

炊妇方程无法解,难求饭菜再飘香。

笨 蛋

笨蛋从来不入流,谁知今日竟登楼。

张开脸面白皮壳,压缩椭圆小个头。

正解修心黄玉色,特言产地绿山沟。

一篮价格翻三倍,贴个商标更是牛。

2012 年《中华诗词》第 2 期

　　皓首习吟:品诗《笨蛋》。诗原来可以这样写。这是发表在《中华诗词》2012 年第 2 期《刺玫瑰》一栏的一首诗,作者赵黄龙。诗所写笨蛋指农民家以传统方法散养之法所生的蛋,先前并无排行榜之类的花样,自然也就无所谓入不入流品一说。但现如今鸡蛋生产现代化了,鸡速成了,蛋速生了,人为影响增加了,添加剂危害变成了人们的担忧,便开始怀旧。于是乎"笨蛋"身价倍增飙升蹿红,更有甚者竟引出"绿色"概念,标签一贴更是价高得离谱,令人望而却步,不可企及。平平常常一鸡蛋竟成话题且引之入诗,津津者满有诗味,其因何在?即所谓诗的立意选材不厌其小,描摹细节不厌其细,从生活的熟知之处,从读懂悟透之处着笔,从扎实处下工夫,远比那些好高骛远者,扯直脖子,喊哑了嗓子,直声邪气,大叫宇宙天地者要好得多,题材越大就越难驾驭,从具体细微处着手,是学诗的成功之路。

这也是一首讽喻诗。亦当意有所指,情有所寄。笨蛋者何?当是"特言产地绿山沟,贴个商标更是牛"者,生活中各色人等并非鲜见,有大笨蛋、小笨蛋亦有老笨蛋,但且那些并无甚实际本领,却要招摇过市,惹是生非,弄巧成拙,原形毕露,丢人现眼者,如在文化领域那些獭祭诗书称著作,自贴标签以诗自居,或挥舞乱棍,无限上纲四面出击的闲汉,或剽窃他人成果据为己有的沽名钓誉者,皆属此类。"笨蛋"一词在生活中只是一句玩笑话,骂一声笨蛋并无更深恶意,也无伤大雅。大可不必火冒三丈,拔刀而起拼个你死我活,真若如此,那就不是笨蛋的问题了,岂不成了实足的混蛋。

天地一沙鸥:一首《笨蛋》,句句不离所咏物。可谓语言鲜活,讽喻辛辣。其中真味更耐细细品味……皓首兄的《品诗》,文简意厚,让我们更加透彻地理解这首诗的含义。

北雁南飞:好诗好品评,寓意深刻!

三级擂台

出句:休让病联污胜地;

对句:须将妙对壮新天。

出句:元夜舞龙灯,莺啼燕啭和谐曲;
对句:公园开马戏,狮跃虎奔热闹台。

出句:时迁史进贺龙年;
对句:子贡孙谦庆父寿。

2012《对联》(下)第 7 期

四季联苑

五角红星,光发北京听命令;
万双火眼,军观南海练功夫。

三级擂台

出句:所有居民居有所;
对句:毫无笔墨笔无毫。

2012 年《对联)(下)第 7 期

纪念杜甫诞辰 1300 周年

朱门酒肉忧闻臭；

大厦厅堂喜见宽。

千秋笔力忧民力；

万古诗魂振国魂。

三吏伤怀，三别吞声，常熬心血忧激愤；

河南望眼，河北挂心，漫卷诗书喜欲狂。

2012 年《并州诗汇》第 2 期

赴宴幻见

纪念声声百鸟啼，时空穿越早通知。

欢颜惊现无须异，浊酒曾停不足奇。

离去那时花溅泪，归来今日厦吟诗。

春风入座杯频举，最美诗翁拱手姿。

忆诗圣

世乱城乡尸骨堆，诗泉怒涌叩心扉。

孤舟击水三千里，老病登台八百回。

但见邻翁曾对饮，不知何日竟停杯。

山河未碎心先碎，三吏强征无瘦肥。

纪念杜甫诞辰 1300 周年

登诗坛绝顶，好律放光芒。

日月迎诗圣，云霞绕草堂。

由其茅屋破，任我大楼翔。

广厦惊人语，千秋竟领航。

2012 年入编《圣人风骨杜甫诗书大观》

四季联苑

题神舟九号

神舟对接天宫，百米穿针交会妙；

华夏出行宇宙，一丝切股划分奇。

题女子 400 米混合泳冠军叶诗文

绿叶题诗千古句；

红旗报捷五星文。

2012 年《对联》(下)第 9 期

太原碑林公园

曲径疏枝纵且横，雅园幽静柳莺鸣。

史延廊绕时空对，凤舞龙飞刀笔行。

游客有心碑会意，石头无语字传声。

傅山书艺深如海，浪滚胸腔掀巨峰。

2012 年《中华诗词》第 9 期

念 母

送儿上学堂，月落不沾床。

半夜灯还亮，五更人又忙。

打包添物件，看表望天窗。

出站回头见，追来是我娘。

2012 年《当代诗词》第 3 期